第九届（2018—2020）小小说金麻雀奖获奖作家自选集

{ 杨晓敏　尹全生　梁小萍　陈兰　主编 }

有一天发生的事

秦　俑 ……………… 著

中国出版集团

中译出版社

目 录
CONTENTS

如果猫会数数

寒假回家，刚放下碗筷，冬生就到大伯家去看望祖母。

几个月不见，老人家自然欢喜得不得了。冬生嘘寒问暖一番，讲起他在奥运会期间做志愿者的事，眼见祖母身形消瘦，说话都没了力气，便退了出来。

出到外头，大伯叹了口气，说："不中用了，时好时坏的，净讲些胡话。"

冬生鼻子一酸，正想说点儿什么，只听到豆子在一边喊："爷爷，小叔，猫咪快生宝宝了。"豆子是堂兄春生家的孩子，今年刚满六岁。

冬日的阳光懒懒地爬到了北墙根。冬生走过去，看到一只黑猫卧在草堆里，身体有些臃肿，一副似睡非睡的模样。

豆子伸手过去，喵的一声，猫警觉地缩起身子。

"外头冷，进屋去。"大伯过来拉起豆子，转头对冬生说，"回吧，得空多来瞧你奶。"

过了几日，冬生娘炖了鸡汤，叫冬生盛一碗端过去。

祖母精神头儿还是不好，喝了几口汤，便自顾自讲起胡话来："地震了，要地震了……"

冬生说："地震都过去大半年了，咱这地方，不会有地震。"

"地都裂开了，该有多少人遭罪啊……"

"是老鼠精，老鼠精又出来害人了……"

"告诉你爹……多囤点儿粮食……"

这样子，多半是难得大好了。冬生轻轻地摩挲着祖母的手背，嘴里念叨着："没事，没事。"脑海里回想起小时候夜半惊梦，祖母也是这般安抚他的。

祖母慢慢平静下来，屋子外头传来几声清晰的猫叫。

"怕是要下雪了，"祖母说，"你去将猫窝挪到屋里头。"

"猫穿着大毛袄子，不怕冷。"

"想来是怀上崽了，猫崽子怕冷呢。"

"那我去了。"冬生给祖母掖了掖被角，起身出去找豆子挪猫窝。猫似乎并不领情，叫唤着走开了。

又过了几日，祖母被送到医院，隔两日又被接了回来。一家人都揪着心，掰着指头数日子，生怕她熬不过这个年。

小年那天，大伯传话过来，说老人家怕是不中了。

二伯、冬生爹和冬生先赶过去，在堂屋摊了厚厚的稻草，上面置一床竹席，竹席上铺着新毯子和毛巾被。媳妇们给老人家擦净身子，换上之前偷偷备好的素服，再将人抬到竹席上。

一时半刻，春生和春生媳妇赶了回来，大姑一家也相继到了。堂屋里挤满了人，儿孙们依次过来告别，老人家知道自己大限将至，竟比平时清醒了许多。

"娘，这是你老憨子（小儿子）。"大伯指着冬生爹说。

老人家点了点头。

"这是你幺孙冬生，以前你没少疼他，如今也出息了。"

老人家又点了点头……

"娘，可想吃点啥？还有啥放心不下的？"大姑上前问道。

老人家动动嘴，似乎有话要说。

大姑将耳朵凑过去，听到老人家吐出来三个字——"你爹呢"，大姑顿时红了眼圈，跪到地上，带着哭腔说："娘呃，你是不是糊涂了？俺爹早没了，都走了四十多年哩！"

老人家脸色暗淡下来，一口气始终提着，一时好一时坏的，一时又说想喝水。

冬生忙去倒了一杯半温的水来。

喝了水，老人家像是精神好转，四下看了看，问："怎么没见老四、老五？"

"老幺我就在跟前哩，咱就四姊妹，哪来的老五？"冬生爹哽咽着说。

见娘亲这么问，大伯、二伯和大姑也都抹起泪来。

大伯是家里掌事的，将兄妹几个叫到里屋，一商量，老娘苦了大半辈子，临走还惦记着早逝的男人和孩子，可不能叫她走得不舒坦，便叫春生和冬生装两个叔伯。

春生和冬生依言过去，大伯说："娘，老四、老五回来看你了。"

春生和冬生叫一声"娘"，老人家激动起来："一家子总算齐了。"顿了顿，又打起精神问，"俺娘家没派人来？"

大姑忙戳自己儿子后背："娘，这是俺舅家孩子，快叫姑姑。"

大姑家的表兄本就机灵，赶紧上前叫了一声"姑姑"。

老人家沉默好一阵，说："你们哄俺，俺娘家人讲的是阜阳话……"

大姑再也忍不住了，眼泪吧嗒吧嗒往下掉，嘴里像是念着词儿："俺苦命的娘呃……那年闹饥荒，你阜阳的家人都没熬过来，还带走了爹爹和俩弟弟……他们可都在下边等着咱呢……"

老人家没再说话，眼睛睁着，一行泪顺着眼角直往下淌。后来大伯说："咱娘快三十年没哭过了，这一行眼泪流完，她这辈子的苦才算是受完了。"

一家人正伤感，豆子忽然在外头放声大哭。媳妇们忙过去看，原来是家里的猫在北墙根生了崽，生六只，死了俩。豆子看到，又是害怕，又是伤心。

大伯母抱起豆子，唬道："快别哭了，再哭，狼把子来背人了。"

"我不要小猫咪死……猫妈妈会难过的……"豆子还是哭着，说不出个囫囵话来。

"傻孩子，猫又不会数数，怎么知道难过？"春生媳妇也过去帮忙哄。

过了好大一会儿，外头安静下来，屋里传出大姑一声长长的哀号："俺的个苦命的娘呃——"

哭声很快便淹没了这个黄昏。

窗外，那场憋了一冬天的雪也不知道从什么时候开始纷纷扬扬地下了起来。

后记：

很多年后的一个早春，冬生家豢养的狸花猫生了三只猫崽，有两只刚出生便夭亡了，女儿特别伤心，妈妈在一边安慰孩子："别难过了，猫又不会数数，它不知道自己有几个孩子呢。"

那时冬生正窝在沙发里刷微博，刚好看到一则新闻：

《武汉封城导致大量猫狗滞留家中，志愿者伸出援手》……
他听到母女俩的对话，觉得似乎在哪里听到过，又恍惚了
好大一会儿，才想起多年前的那个冬天，那只黑色的猫，
还有它刚出生的四个儿女，不知道后来它们怎么样了。

虚构

说件有点儿意思的事情吧。

去年这个时候，我回老家参加高中毕业 20 周年的同学聚会。说是聚会，也就是一起说说话，喝喝酒，然后去 KTV，继续说话，继续喝酒。到后半夜，男生几乎都喝多了，除了我。你说，一个压根儿不喝酒的人，他会喝多吗？

女生还算矜持，但也有一个人喝吐了，吐完后闹着还要喝，拦都拦不住。这是一个叫清的女生，是曾经的班花，现在仍然是众人的焦点。大家轮流和她碰杯，她来者不拒。酒量再好，但毕竟是人，不是酒罐子。

再热闹，也终将散场，一众男女相拥告别。清住在市区西郊，我主动要求开车送她回去。那时已过凌晨 1 点，经过市中心的青山公园时，清突然叫我停车，蹲在马路边吐了半天，吐得眼泪鼻涕都出来了。

我拿水给她漱口，递纸巾给她擦嘴。我说："吐吧，全吐出来就好了。"

真喝多了，她像是清醒了一些，不好意思地说："能陪我坐会儿吗？"

于是我们在公园门口的长椅上坐下来。我们聊天，聊过去的事情。有些事情印象很深，有些事情听着感觉很遥远，很陌生，甚至有点别扭，像是在听别人的故事。

聊着聊着，就聊到了初恋。

清说："你不知道吧，其实那时候亮喜欢我，我也喜欢亮。"

确实是不知道的。亮和我一个宿舍，是我无话不说的好兄弟，竟从未与我提起。

清似乎沉醉在甜蜜的回忆里。

是很单纯的回忆。金童玉女，珠联璧合。高考前一周，无故旷课算是天大的事情。他俩一起逃学，相约去了海边。大海离学校有七八十公里，当时我们都没有去过。

在她的讲述里，那是多么美好的一天。

清风徐徐，浪涛阵阵。天一定很蓝，海也一定很蓝。

那一天具体发生了什么，清没有说，我也没有问。

然后，我送她回家，一路上没再说话。

这次聚会，亮是唯一没有到场的同学。没人能联系上他，他就像消失在了我们的世界里。

第二天，我们在外地工作的陆续返程，留在老家的十几个同学一起相送。清没有来。

恋恋不舍，似乎有说不完的话。

不知怎的，又说到了亮。我提起昨晚的事，清和亮，那场隐秘而美好的初恋。

大家一脸惊讶。有同学说："不对，那时候追清的明明是伟，约清去海边的也是伟。"

伟刚刚打车去了火车站，一时无从求证。

媛说话了。媛曾跟清一个宿舍，她俩是一对好闺密。媛说："伟喜欢清，他一直在追清，约清去海边的就是伟。"

"但清喜欢的是亮。"媛补充说，"清一直暗恋亮，暗恋了很多年。"

大家七嘴八舌，把记忆拼贴到一起，真相便慢慢浮现出来。

又是一片唏嘘感叹。

聚会归来。我心里一直想着这件事，越想越有意思，于是写下来，写成了小说。

我将小说给老婆大人看，老婆大人看得很没有耐心。看完了，说："你这编的吧。"

我说："有生活的原型，也有艺术的虚构，生活永远比小说更精彩。"

孤男寡女的大半夜逛公园聊天儿，可信吗？老婆大人显然不相信，她朝我翻一下白眼，说："嘁，你就继续编吧。"

这件事到这里本该结束了，但是有一天，我接到了李志伟的电话。

李志伟就是小说主人公伟的原型。

李志伟在电话里奚落了我一顿。大意是说，他看到我新发表的小说了，说我不该把"帽子"往他和孙亮身上扣。当年我们三人都喜欢李海清，他跟孙亮是明追，自然无功而返。只有我最执着。同学三年，我暗恋清三年，在伟和亮面前念叨她三年。高考前一阵子，我像发疯似的，想约她去海边。信都写好了，但不敢递给她。最后我旷了课，一个人骑着车子上路，半夜才到海边，还给清打了电话，让她听大海的声音。

李志伟说："除了你，谁还会有这么文艺、这么闷骚的想法？"

我极力否定。老婆大人还在身边听着电话呢。

再说了，李志伟说得再有鼻子有眼，我也没有印象了。这小说情节多半是我编出来的。你说，真要是将生活过成小说了，这生活还演得下去吗？

李志伟说："不会吧，你这鳖孙，都是你自己亲口说的，你竟然忘了？你要不信，打电话问李海清，你是不是在海边给她打过电话，让她听海的声音。"

我还真打了电话。不过是在几天之后，我才不会傻不愣登在媳妇面前做蠢事呢。

电话通了，我拐弯抹角地说了许多有的没的。最后，我问李海清："高三前一周，我是不是在海边给你打过电话，还让你听大海的声音？"

李海清愣了一下，随即哈哈大笑起来："秦大作家，你小说写多了吧？"

我一本正经地追问："到底有没有这事？"

"没有。"她回答得那么干脆。

挂完电话。我又想了很久，结果是越想越模糊，越想越混乱。

也许，时间久了，记忆真的会出现问题。例如本来是发生在初中的事，你记成了高中；本来是发生在张三身上的事，你记在了李四身上。

很正常的事，有时也会变得不正常起来。

看来，这篇小说是不会有结局了。

最会讲故事的人

　　有土地的地方，就有讲故事的人。正是这些讲故事的人，塑造了王国的历史、文化和精神。有一天，国王心血来潮，他想知道在他的王国里，谁最会讲故事。于是，我谋到了一份差事，我将踏遍这个国家每一寸土地，去寻找那个最会讲故事的人。

　　我翻过七座山，蹚过十四条河，穿过二十一个村镇，听过不计其数的故事，但我想象中的那个人一直没有出现。

　　第二年春天的时候，在白哈巴镇，我见到了"无人不知的扎玛"。

　　扎玛是一个画匠，他一生只画一个人。

　　扎玛画的是他的救命恩人。九岁那年冬天，他不小心掉进河里，一个长着一头卷发的帅小伙救了他。当时他冻傻了，等到他想起要向那个救他的哥哥说一声谢谢，却只看到他消失在人海中的背影。"从那天起，我就一直在寻找他。"扎玛说起六十多年前的那些往事，好像它们就发生在昨天。

在扎玛的画室里，我见到了那个帅小伙的画像。刚开始的时候，扎玛三个月画一幅他的画像，后来改为一年画一幅。扎玛一年一年地长大，他结婚了，他有了孩子，他脸上的皱纹一天比一天多，他头上的白发一天比一天稠。画像上的帅小伙也随着扎玛一起长大变老。那天的阳光有些忧郁，在那间小小的画室里，我看到时间像河水一样缓缓流淌，像最动听的音乐。

"每一年，我都会抽出时间，带着画像，去寻找我的恩人。我走访过白哈巴镇的每一条街道，问过住在这里的每一个人，但都没有找到他。"这么多年过去，扎玛的脸上还会流露出失落的表情。后来他去过很多相邻的城镇，那个卷发的帅小伙应该已经长成了白头发白胡子的老人，但他们还是未能相见。

我用很长的时间才从扎玛的故事里走出来。我说："我好奇的是，这么多年来，你做了那么多的善事。我一路走，一路在听你的故事。你花六十年的时间去寻找你的恩人，你没能找到他，但你却帮了很多人，你就是他们心目中的大恩人。"

"四十岁那年，我预感到自己找不到他了，但我并没放弃希望。有一次，我遇到一个轻生投河的少年，我救了他，就像当年我的恩人救我一样。那一天，我的世界豁然开朗，与其茫然无助地寻找，不如在旅途上做一些善事，用这些善事去感念他。于是，我一路寻找，一路做善事，大家都叫我'无人不知的扎玛'。"

那个下午，扎玛给我讲了许多故事。最后，在画板面前，七十多岁的扎玛又画了一幅恩人的画像。画中的老人还是帅帅的，一头卷发全白了，连胡子也是白白的、卷卷的。我看了看画中卷白胡子的老人，又看了看面前卷白胡子的扎玛，惊讶地说："扎玛，你看看，你画中的恩人越来越像你自己了。"

扎玛好像没有听到。或许他听到了，却不知道要怎么回应我。

告别扎玛后，我继续上路。我又翻过七座山，蹚过十四条河，穿过二十一个村镇。在一个秋天的傍晚，我到达黑木河镇，找到了"彩虹爷爷的老院子"。这一路上，在不同的城镇，我遇到过十七家"彩虹爷爷的老院子"，每一家都说是跟"黑木河的洛伊娜"学的。

在"彩虹爷爷的老院子"里，我见到了洛伊娜。黑夜降临，她和七十二位老人一起，在与另一位即将离世的老人告别。老人已经无力说话了，他走得很安详。他闭上眼睛，就像进入了一个没有尽头的梦境。"这几年，我告别了二十七位'老爸爸'，他们有的被亲人接走，有的永远离开了。每次有人告别，老院子都会安静好几天，好在会有新的老人住进来。"说这些的时候，洛伊娜的脸上写满了忧伤。

十年前，洛伊娜的父亲走失了。他患有严重的阿尔兹海默症。为此，洛伊娜十分自责，这些年她一直在寻找父亲。她没有找到他，倒是遇到了很多流离失所的老人。父亲走失后，给她留下了一笔丰厚的财产。为表达对父亲回家的期盼，洛伊娜开办了"彩虹爷爷的老院子"，专门收留无家可归的老人。十年间，这里共收留过九十九位老人。对每位老人，无论男女，洛伊娜都亲切地称呼他们为"老爸爸"。

现在洛伊娜是七个孩子的母亲，她只有七个孩子，却有一百位父亲。"我还清楚地记得，父亲走失那天，刚好下着太阳雨，天边有一道绚丽的彩虹。"洛伊娜说："直到现在，我仍然相信我的父亲还活着。在接下来的旅途中，如果你遇到他，你一定能认出他来。他的左下巴长着一个瘊子。他已经失去记忆，只会说一个词语：麦片。"

我静静地听着洛伊娜的讲述，内心却波涛汹涌。就在一周前，在另一个镇子的"彩虹爷爷的老院子"，我跟一群人一起向一位老人告别。他真的太老了，弥留之际只会重复说一个词：麦片，麦片，麦片……他的左下巴处就长着一个刺眼的瘊子。

"我也相信，他一定还活着。我还会去很多地方，我会帮你寻找他。"和洛伊娜告别时，我不敢看她的眼睛。

前面还有很多的山，很多的河，很多的村镇。我还会听到不计其数的故事，我依然在寻找那个最会讲故事的人。

如果你恰好遇到他，请你告诉我。

彼岸花

"阿姐，你真漂亮。"

"阿姐，你做的文身真好看。"

"阿姐，等念完大学，我跟你学文身吧。"

是子茹的声音。那个才上高二却喜欢偷偷抹口红的女孩。她说她叫尹子茹。

我没有理会。谁知她安的什么心呢？而且我很忙。独自来到这座南方小城，开了一家文身店，原本只想讨个生活，没想到生意竟出奇地好。

"阿姐，他真的很帅的哦。"见我开始拾掇工具，她又凑了过来。

"你才多大点，好好念书要紧……"想说的话，我留在了心里。

"阿姐，你知道曼陀罗华吗？"她像在探询，又像在央求，"阿姐，帮我文一株曼陀罗华吧。"

果然暴露出来了真实的意图。我头也不回，拒绝："等你十八岁的时候再说吧。"

她无奈地走了。但还是经常会过来。不管我是热情或冷漠。也许，她只是想找个人听她说说话吧。

"阿姐，他跟我约会了。"

"阿姐，他跟我表白，你说我怎么办才好呢？"

"阿姐，昨天他亲了我。"

我总是笑一笑，算是回应。

"阿姐，今天我逃课了。"那天傍晚的时候，她走进店里来。我正好忙完最后一宗生意，在收拾屋子。她自顾自地坐在一边，眉心似藏着很重的心事。

"阿姐，我不知道这样做对不对。我和他……"她欲言又止，低下头去。我会猜不出来发生了什么？意外的是，她突然趴在桌子上，抽泣起来，让我手足无措。

"阿姐，真的好疼。"

"阿姐，我不知道这样做对不对。"

"阿姐，我是真心爱他的。"

我抚着她的头，让她慢慢地平静下来。

"阿姐，今天我十八岁，我想求你一件事。"她看着我，眼神渐渐坚毅起来，"你一定要答应我。阿姐，我想求你将他的名字文到我的胸口，靠近心脏的地方。"

我想了想，竟破例同意了。我又怎么忍心去伤害一颗这般单纯的心？

让她写名字，歪歪扭扭的字迹：周小天。挺阳光的一个名字。

"有点疼，你忍一忍。"我说。

"不疼，阿姐，真的不疼。"她的眼里分明闪着泪花……

"阿姐，我让他也在身上文上我的名字，他生气了。"

"阿姐，我看到他与其他女生在一起。"

"阿姐，有时我很矛盾，这是不是就是恋爱该有的样子？"

她还是偶尔会来，但明显没有以前来得勤了。我似乎在期待什么，每天关店门前，我都会坐着等一会儿，就像在等一个习惯。

这样过去了两个月。一个雨天，她突然出现在店中。刘海湿湿的，像是淋过雨。

我看着她说："好久不见。"

"是好久了。"她放下雨伞，脸上的稚气明显地淡了，"阿姐，我想将文身的名字改一下。"

没等我回话，她自己拿起了笔。

同样歪歪扭扭的字迹，同样阳光的名字：宋磊。

我没有多问什么，只是把自己掩饰得更像个生意人的样子。

"褪掉它会更疼，你忍着点儿。"我说。

"我知道。我不怕疼。"

"褪完文身之后，要隔三个月才能再次褪。"我问她，"你考虑好了，真的要文上新名字吗？"

"嗯。"她一直别着脸，大颗的眼泪吧嗒吧嗒地往下掉。

又是许久没见。再次见面，大概是在半年后。她走进我的店里，脸上多了几分陌生的成熟。她跟我打招呼："阿姐。"

我看着她，问："又要换新名字？"

"不是。"她的脸色有些不自然，"阿姐，你帮我把文身褪掉吧。"

"以后还是不要这样，会留下瘢痕。"我提醒她。

"没事，阿姐。你知道曼珠沙华吗？我想文一株曼珠沙华。"

我摇摇头："不知道。"

她没有再说话。直到出门前，才对我说："阿姐，你是个好人。"

我叹了口气，用手摸了摸自己的心跳。就在那里，在离我心脏最近的地方，曾经文过一株白色的曼陀罗华，还有一株红色的曼珠沙华。

那是一种叫作彼岸花的植物。开白色花的叫曼陀罗华，开红色花的叫曼珠沙华。前者代表"我只想着你"，后者代表"悲伤的回忆"。

残酷月光

很多年以后，我仍然清楚地记得那晚的月光。

很多年以后，我仍然清楚地记得张扬抱着吉他坐在窗台上自弹自唱的样子。

那是我们大学的宿舍。四楼，小小的一间，八个人。

张扬，那个帅气得让我们眼红的男生，那个沉默寡言、特立独行的男生。他玩音乐。他打耳钉。他把头发染成酒红色。最让我们"不齿"的是，他拥有一个校花级别的女朋友。有时想想，对于我们另外七个人而言，张扬就像来自另一个世界。他穿越时空，来到我们中间。后来又以某种带有隐喻的方式，穿越时空而去。

那天是中秋节，恰逢周末，宿舍里只剩下张扬、宋晓波和我。宋晓波在背单词。我在看小说。张扬抱着吉他侧身坐在窗台上，一副心事重重的样子。后来我才知道，就在那天中午，苏小渔跟张扬提出了分手，具体原因不得而知。

也就是在那天下午，张扬接了一个电话，应该是律师打来的，内容大概是他的爸妈过不下去了，准备离婚，问他愿意跟谁。

张扬的脸色很不好看，语调出奇地冷淡："离呗，早该离了，离了最好……我谁也不跟，我自己过。"

说完便挂了电话，一个人躺在床上，一根接一根地抽烟。

宋晓波和我都没有说话。关于张爸爸和张妈妈闹离婚的事，我听说过一些细枝末节。但我不知道怎么安慰张扬。或者说，我就没有想过要去安慰他，我甚至有一丝隐隐的愉悦：上天是公平的，不可能把所有美好都赋予一个人。

去食堂吃晚饭的时候，宋晓波问张扬要不要带一份饭上来。

"你们去吧，我不饿。"算是拒绝。

我们吃完饭回来，张扬已经侧着身子坐到了窗台上。他经常这样，怀里斜挎着那把红色的吉他，边弹边唱："青春的花开花谢让我疲惫却不后悔，四季的雨飞雪飞让我心醉却不堪憔悴。轻轻的风轻轻的梦轻轻的晨晨昏昏，淡淡的云淡淡的泪淡淡的年年岁岁……"是老狼那温暖而忧伤的旋律。

我们没有打搅他。宋晓波开始低声地背英语单词。我扒出海明威的《老人与海》，继续我的文学之旅。

不知道过了多久，楼下突然传来一片惊叫。扭头看去，窗台上已经没有了张扬的身影，吉他与歌声也好像在某个瞬间被凭空抽走。空荡荡的窗台上，只剩下一片凄凉的月光。

这绝对是一场意外。

很多年过去，我和宋晓波都不愿过多地提起当时的场景。照例有警察过来盘查，老师和舍监也纷纷找我们问话。不是他杀，也不是自杀。虽然有很多的疑问，也许永远也不会再有答案。但我们确信，这只是一场意外。

张爸爸和张妈妈闻讯赶来。从未见过他们那般的伤心。两个人都是音乐学院教小提琴的老师，都是通情达理的人。所以，没有扯皮，没有谈判，甚至连人道主义补偿也不愿意接受。

只是要求学校给所有宿舍的窗户都装上安全护栏。

那个时候，我还没有想过，一个人的离去会给他身边的人和事带来怎样的影响。只是奇怪，在事发现场和殡仪馆，我始终没有见到苏小渔。据说后来她有过几次情绪偏激的举动，要死要活的，最终慢慢平息下来。宋晓波因为老做噩梦，不得已换了宿舍。我呢，几年来一直默默地承受着来自内心的自责，为那一丝隐隐的愉悦感。

大学毕业五年，我们同学聚会。除了苏小渔，其他人都到齐了。有小渔以前的密友说，她去了另一片大陆，很遥远的一个地方，赶不回来了。

一片唏嘘感叹。再远的距离，也就是半天一天的飞机而已，只是张扬的离去留在她心底的那道鸿沟要怎样才能跨越过去？

于是便说到了张扬。有人提议："我们去看看张妈妈吧。"在殡仪馆的告别仪式上，张妈妈伤心得几度昏厥。那么瘦弱不堪的一个人，不知现在过得怎么样。

于是，我们选派了几名代表，买了水果和鲜花，去了音乐学院。

找了很多人问是否有一对教小提琴的老师。他们有一个儿子，名字叫张扬，七年前意外离世了。

好在还有人知道，并告诉了我们一些两人的情况："刚出事那两三年，张妈妈一直生病，两个人相依为命，最近好了点。上次地震之后，两人领养了一个小男孩……"

我们中有嘴快的问："他俩不是离婚了吗？"

答："早些年听说闹过离婚，后来恩爱着呢。"

突然有种说不出来的滋味。想了想，还是不要去打扰他们的生活吧。我们几个在张扬曾经生活过的房子附近转悠一会儿，便各自回家了。

多年以后，我仍然清楚地记得那晚的月光。多年以后，我仍然清楚地记得张妈妈抱着骨灰盒悲伤啜泣的样子。她说："儿啊，妈妈终于又抱得动你了！儿啊，我们回家！"

化妆

上大学那会儿，女生都爱扎堆儿，你三个一群，我五个一伙，一块儿上食堂吃饭，一块儿到图书馆晚自习，甚至闹起别扭来，也是拉帮结派的。

315 是新组合的宿舍，一共六位姐妹。新学期刚开始，就明显地分成了两派：一派五个人，吴莎莎、谭芳、曾丽、刘思琦，还有我；另一派就只有陆小璐一个人了。

话说陆小璐长得很漂亮，站到人堆里头，一眼看去，很容易就能找出来。天生一张"明星脸"也就算了，偏偏她还特别臭美，每天都化妆，一大早就起来试穿衣服，弄得自己跟赶演出似的，衬得宿舍里其他姐妹都成了灰姑娘。加上平时她很少与人搭话，一到周末，总有人开车来接，慢慢地，她与大家便有了距离。

有一段时间，陆小璐突然变得无精打采起来，虽然还是天天一大早就起来化妆，试穿漂亮衣服，但她的精神明显没有过去好。睡在下铺的吴莎莎告诉我们，她经常半夜听到陆小璐在上铺翻来覆去的。

我们都想，可能有什么事情要发生了吧。果然，从周一开始，陆小璐就没有回宿舍。刚开始几天，谭芳和曾丽还说些不着边际的风凉话，可时间一长，我们都开始担心起来。刘思琦是寝室长，想给陆小璐家里打电话，一问才发现我们五个人都没有记她的电话号码。又过了几天，有人开车过来拿陆小璐的铺盖衣物，大家都担心地问怎么回事。来人说："小璐特意叮嘱我转告大家，她要请假半年。"

请假半年？我们都挺疑惑的，但这种事也不好细问。还是曾丽机灵，第二天上课的时候，她去问辅导员。辅导员说："你们不知道吗？陆小璐请假做手术啊。"

知道这个消息后，我们都很难过。虽然大家都不喜欢陆小璐，可她也不是什么坏人啊。刘思琦几个便四处打探她的消息，原来事情比大家想象的还要糟糕：陆小璐有先天性心脏病，一直不敢做手术，最近检查，发现不能再拖了。按照医生的建议，她将要接受四轮手术治疗，手术成功就可以恢复正常生活，但每一次都有很大的风险。

知道事情的真相后，宿舍里顿时安静下来，连续几个晚上，都没有一个人说话。最后，还是刘思琦拿的主意——大家一块儿去医院看望陆小璐。

不知道为什么，那天我们的心都慌慌的。在白色的病房里，我们见到了陆小璐，她正认真地对着一面镜子描眼线，打腮红，涂唇彩。从她的脸上，看不到一丝临危病人的迹象。忙完了，她转过头来，一眼就看到了我们几个，脸上闪过一丝惊喜，接着连忙将头背过去，说："你们来了，怎么也不通知我一声。"过了一会儿，又缓缓地回过头来，说："其实很久就知道是这样的结局了，没什么啦，瞒大家那么紧，是不想让更多的人为我担心。"

姐妹几个都不知说什么好。陆小璐仿佛又恢复了往日的神采，有说有笑地告诉我们："下午是第一轮手术，进去可能就出不来了，所以一上午都在给自己化妆，我参加过别人的追悼会，殡仪馆的人化妆很差劲的，我可不想死那么难看……"

等了好几个小时，我们的脑袋里都是一片空白，甚至连互相对视的勇气都没有。终于，陆小璐被人从手术室推了出来。手术很顺利，她安详地躺在病床上，仿佛睡熟了一般。一圈人将她送回病房，315的几位姐妹一块儿回家，一路上，我们都沉默不语。

后来，我们陆陆续续地去过医院几回，也陆陆续续地听到她手术成功的好消息。大家都为她感到开心，这个陆小璐啊，真不是一般人，每次上手术台前，她都要给自己化妆，每次都那么一丝不苟，就好像她要去的地方不是手术室，而是准备去赴一场晚宴。

　　但生活并不总能如我们所愿，最后一轮手术的前几天，陆小璐突发高烧，接着昏迷了几天，就再没有醒来。事情来得太突然，当我们接到通知赶到殡仪馆时，一个肥胖的女人正在给陆小璐化妆。

　　我们看着安安静静地躺着的陆小璐，她瘦了，脸上的颧骨明显地突了出来。那个胖女人正在给陆小璐描眉毛，她看起来一点也不用心，将一条眉毛画得歪歪扭扭的。我们都无声地哭了，突然，平时最讨厌看陆小璐化妆的吴莎莎很激动地冲上去，一把夺过那个胖女人手中的眉笔。胖女人露出一脸的不解。吴莎莎大声叫道："你怎么可以把她的眉毛画得这么难看！"胖女人很诚恳地说："不要难过，人死不能复生。"吴莎莎哭着将眉笔丢到地上，说："她很漂亮的，求求你，你不可以把她的妆化得这么难看！……"

　　第二天是追悼会。陆小璐的亲属怕我们再次"激动"，就没让我们参加。那是 1997 年秋天的一个星期六，天阴沉沉的，下着小雨，我们 315 的五个姐妹静静地守在宿舍里，不知是谁先开始的，我们都含着泪、对着镜子开始化妆。我们用这种独特的方式为一个叫作陆小璐的美丽女孩儿送行。

被风吹走的夏天

对我来说，那是我生命中最难熬的一个夏天。

那天是高考分数线出来的日子，我没有跟家里人说实话。我说还得几天时间呢。他们对我的话深信不疑。一大早，我的父母就得去地里干农活。父亲头上的白发越来越多，他常跟我们兄弟俩说："秋天的收成怎样，就看这一季的努力了。"哥哥大我四岁多，上完初中就跟人去东莞打工，今年春节回来，承包了村里的制砖厂，经常忙得连饭都顾不上回家吃。

吃过午饭，我心神不宁地将牛牵到屋后的山坡上，选好一片青草地，将牛绳拴在树上，然后去了离村子三里地外的一个食品批发部。在那里，有离我们村最近的一部公用电话。为了能在我家的牛将树周围的草吃完之前赶回来，过去时，我几乎是一路小跑。但回来的时候，我完全忘了那头拴在树上的牛，我的腿里一定是灌满了铅，要不我怎么会觉得回家的路这么长？

离最低录取线差了两分。我不知道该怎样将这个消息告诉我的家人。我走走停停，停停走走，最后坐到了村口的桥墩上。村里的一个邻居大妈挑着担子走过我的身边，大声提醒我："小心别掉河里头咧！"我没有回头，我怕我一回头，泪水就会忍不住。我心里想，如果真的不小心掉到河里，我就不用发愁怎么面对我的父母和哥哥了，我就不用再看到他们脸上露出失望的样子了。

不知坐了多久，我并没有不小心掉到河里。天色渐黑，四周响起此起彼伏的蛙鸣声。我一步一步地往回走，走到家门口，看到大门上挂着一把大铜锁。家里没有一个人，邻居说家人都出去找我和我家的牛了。我一口气跑到山坡上，牛果然将树周围的草啃了个精光。趁着月色，我看到我爸我妈还有我哥牵着牛从村子南边往家里走。他们的脸色一定很难看，因为他们只是找到了闯祸的牛。它从北边跑到南边，溜进别人家的菜园子，吃掉了半园子玉米苗。

我又一口气跑回家，母亲正红着眼睛在淘米。父亲坐在炉边抽水烟，他一见我，就将烟斗重重敲在炉沿上，大声呵斥着："养你这么大，连头牛也看不好！"哥哥赶紧将我推进卧室。一晚上我都没有说话，也没出去吃饭。母亲进来看过我几回，她不停地摸我的额头，担心我是不是生病了。哥哥给了我一个饼，是二叔家烙的。他问我是不是出成绩了。我背着脸说："还没呢，还得几天。"

第二天，我起了个大早，我跟父亲说："我想去哥的制砖厂做工。"父亲的气还没有消，头也不抬地说："连个牛都看不住，你能做什么？"我对父亲的轻蔑感到非常不满："干什么都行，就是搬砖块我也愿意！"就这样，我去了我哥的制砖厂做工。哥哥告诉我，砖块刚烧出来时很脆，需要从窑里搬到窑外，经过日晒雨淋，消掉一身的火气，才能砌墙。我具体的工作是将窑里烧好的砖一块一块搬下来，码到担子上，再由力气大的一担一担挑出去。窑里很闷，砖面很糙，不大一会儿，我全身就湿透了，手心也磨出三四个血泡。哥哥心疼地将他的手套摘下来给我，可是依然不管事，锋利的砖棱儿还是会划破我的手套，又划破我的手指。我没有吭声，身体上的疼痛可以让我暂时麻木，忘却高考落榜的烦恼。只有等晚上回到家里，一个人躺在床上，我才重新清醒过来，翻来覆去地睡不着。

那一年，我十七岁，一米七四的个头儿，瘦得跟豆芽菜似的。一个多月又苦又累的工作并没有让我变得更瘦，相反，我感觉自己一天一天变得强壮了，就像地里疯长的玉米苗一样。半夜的时候，我经常会听到身体里有咯吱咯吱的声音，那是我的力气在增长。我一直没有勇气说出高考结果。很奇怪，他们也没有再问。有好几次，在跟父亲和哥哥说话时，我试图往这个话题上引，结果他们都将话岔开了。也许他们早就猜到结果了吧，也许他们从来都没有对我抱有希望。我的话变得越来越少，也不怎么爱出门去疯了。邻居大妈见到我，说我变黑了，长大了，像个男子汉了。我偷偷对着镜子看过自己，看上去有些陌生，嘴唇上都长出了一溜儿浅浅的胡茬儿。

　　下过一场雨，天气开始转凉。是九月初的一天，父亲一大早叫醒我。"起来吧，今天该去上学了。"母亲已经准备好了被褥，上面还散发着前几天晒进去的太阳味儿。哥哥将学费交到我手里，说是给我这一个多月的工资。父亲照例背着铺盖，送我到村口的桥头。父亲说："天气凉了，你在学校要注意身体。"我接过背包，走在了通往复读的路上。一阵风吹过，我积蓄了一个夏天的泪水终于忍不住飞落下来。

　　村庄渐渐地远了。这个夏天也渐渐地在我身后远去了。

有一天发生的事

有一天，这一天到底是哪一天并不重要，我是谁也不重要。反正是有一天，临下班前，单位领导找我谈话。领导先是扯了些有的没的，最后才进入话题：最近单位要选派一名员工下去挂职。

我说："听说了。"

"你的优秀是大家公认的，派你下去，多让你锻炼一下也是应该的。但是（听到这个词后，我心头一凉），你现在的岗位非常重要，无人可替，如果派你下去，整个单位的工作都会受到影响……"

我说："我很珍惜这次机会……"

"下班回家吧，要不，你再考虑考虑？"

领导很客气地结束了这次谈话。但在我看来，这样的谈话相当粗鲁。这样的逻辑，相当狗屁。在这种单位里，类似狗屁的逻辑总是大行其道。

我觉得有些委屈。于是，我委屈地扫了一辆共享单车，委屈地往家的方向一路蹬下去。

仿佛这一天里注定要发生些什么。回家的路上，我接了两通电话。

先打电话的是我女友的父亲。我与女友异地恋三四年，是时候结婚了。女友的父亲说："我不反对你们在一起，但有一条，你们要先结婚，只有结婚了，她才能辞职，再去你那边工作，这样我和她妈才会放心。"

老人家嘛，一心为女儿着想，要求不算过分。我连连答应："好好好，先结婚，先结婚。"

很快，我又接到我母亲的电话。母亲在电话里显得很担忧。她说："别的事都好商量，这事没得商量。她要是不先辞职，不和你在同一个城市，这婚还是不要结了。异地婚姻长久不了的，到时要孩子也是个问题。"

母亲就是因为异地婚姻才和父亲离婚的，她对我的异地恋一直表示反对。她说的也不全无道理。而且，这个问题就跟先有鸡还是先有蛋一样，是争不过来的。我只好连连答应："好好好，先让她来这边，再说结婚的事。"

挂了电话，放下单车，我心里更堵了，一边是工作挂职的事，一边是调动结婚的事。脚里像灌了铅，不知不觉地，我走到了小区楼下。

我家住 26 楼。楼层是女朋友选的。她说："你越是恐高，就越要选高层，这样才能克服心理障碍。"这话没毛病，一年多下来，我都敢上阳台了。

但是，我依然讨厌电梯。

电梯里总共四个人，三个男的，一个女的。

女的先在 2 楼下了。看看现在的女孩子，都懒成什么样了。

那两个男的，一个在 19 楼下，一个在 31 楼下。等到电梯里只剩一个人，我才惊觉，我好像忘了按楼层键，又或者是，我按了键，却没有下电梯。

果然，工作和爱情会让一个男人变蠢。我的脑子里一片浆糊。

电梯开始下行，我按了 26 楼，可是（我早就说了，仿佛这一天里注定要发生些什么），电梯在 26 楼并没有停下，它继续下行，直接回到了 1 楼。

没有人进电梯。我晃了晃一片浆糊的脑袋。理性告诉我，我按键的时候，电梯可能刚好下行到 26 楼，或者已经到了 25 楼，所以，它没有理由在 26 楼停下来。

我又按下 26 楼。这一次，我确认我按下了电梯键，而且，我按的就是 26 楼。

电梯还是没有停，它一路上行，马不停蹄地跑到了最顶层的 32 楼。

我又试了几次，这电梯还真是邪门。它可以在 1 楼停，在 32 楼停，甚至在 5 楼、13 楼、24 楼也能停，但就是不在 26 楼停。

一定是哪里出了问题。第一时间，我想到了给物业打电话。

手机里传出一个好听的女中音："对不起，您的电话已欠费停机。"

我想给手机充值，打开 App，才发现因为欠费停机，网络已不可使用。也就是说，我要想上网，必须先充值；而想要充值，又必须先上网。

我忍不住爆了一句粗口。

这个时候，电梯又回到 1 楼。有人上来，就有人下去。有多少人上来，就有多少人下去。这是电梯的能量守恒定律。

这电梯好像忘了有 26 楼这回事。又或者，我的存在是一个 Bug？

我满头大汗，恐高症发作，眼前渐渐模糊。直到听到一个阿姨的声音："小伙子，你是要上几楼？"

"26 楼。"我说，"这电梯好像坏了，它停不到 26 楼。"

"你可以在 27 楼下，再走步梯到 26 楼。"阿姨友好地提醒我。

是啊，我怎么就没有想到呢？就这样，我从 27 楼下了电梯，步行到 26 楼。家门在望，我有些恍惚，不知道刚刚经历了什么。

电梯正在下行，我心里一咯噔，快速按住下楼键。电梯竟然在 26 楼停了下来！

我上了电梯，下到 1 楼，又按了 26 楼。这一回，电梯好像恢复了记忆，神奇地在 26 楼停了下来。

又上上下下了几回，证实电梯不再有问题，我才满意地回了家。连上家里的 Wi-Fi，一分钟后，我给手机充了值。

母亲的电话急吼吼地打进来了。她先是埋怨了一通手机停机（完全不考虑我的手机就是她打爆的），然后问："怎么样，结婚的事你考虑好没？我这都是为了你好。"

我说："是啊，都是为了我好。要不，咱先不结婚，晚几年再说。"

电话那头沉默了好大一会儿。

"再不结婚，我可真跟你急了。"母亲粗声粗气地说，"儿大不由娘，你自己的事情，你自己看着办吧。"说罢就有点置气地挂了电话。

爱情有了，工作的事，明天再说。现在急需解决的是肚子问题。

想着那上上下下的电梯，我心里突然就轻松起来。

扶自行车的人

不瞒您说，我只是作家秦俑笔下一个虚构的人物。我没有名字。秦俑那家伙简直懒透了，连名字也不给我取。我觉得怪委屈。

最近，S城发生了一件稀奇事。准确地说，是这里的天气越来越坏了。头一天还风和日丽、蓝天白云，一夜之间便狂风大作、飞沙走石，直刮得天昏地暗。而且，这样的大风刮了整整一个月。

起风那天早晨，我顶着大风去上班。

到海豚路时，我看到一个女孩差点儿被风卷走。紧接着，啪啪啪啪，马路边停放着的一排自行车像多米诺骨牌一样被风掀翻。最后一辆也在我眼前晃了晃，姿势优雅地倒了下去，差点儿就砸到了我的脚尖。

"真是邪门儿！"我心里嘀咕着，顺手将那辆自行车扶了起来。

"干啥呢！"一个声音在身后炸响。我回头，看到一个胖墩墩的男人那一双虎视眈眈的眼睛。看情形，这自行车是他的。

"风……风……把自行车刮倒了，我……我……帮忙扶一下。"一紧张，我就口吃起来。

"这么多车倒了，你咋就扶我的车呢？"胖男人阴阳怪气地问。

"这不，你……你……刚大叫一声，我……我就……停了下来，我正……正准备扶其他车呢。"天知道我为什么这么说？我不想扶这些车，包括他那辆车也不是我真心要扶，我就是一个下意识的动作。

"你咋还不去扶呢？"胖男人竟然在催我。

在犹豫了三又二分之一秒后，我做了一个决定：都充好人了，就好人做到底吧。

我扶一辆车，眼睛向后瞟一眼。再扶一辆车，再瞟一眼。天杀的，那个胖得跟头猪似的男人一直在背后盯着我，压根儿没有要离开的意思。我只有硬着头皮，把那些车一辆接一辆地扶起来。

这风来得太邪门儿，它好像不为别的，就为刮倒这些自行车。我扶了好大一会儿，还看不到前面哪儿是头。扶起一辆车，我又回头瞟了一眼，胖男人不见了——不对，他还在，只是混在了人堆里头。街上胖子那么多，倒显不出他的特别了。

我只顾埋头扶车，没注意什么时候身后多了一群人。瞧稀奇的，看热闹的，不明就里的，闲来无事的，都凑了过来，少说也有几十号吧。

仔细听，呼啸的风中似乎夹杂着一些声音的碎片——

"这人弄啥呢……"

"啧啧，人家这叫新时代的活雷锋……"

"我一直数着呢，这是第 79 辆了……"

"这世道，好人太少了……"

"我就看看，看他能不能扶完整条街的……"

除了闲言碎语、指指点点，还有人用手机拍照录视频。我心里那个气啊，但我得忍着。您说，谁叫咱只是人家小说里的一个人物呢。人家让我做啥，我就得做啥。人家叫我想啥，我就得想啥。

不知过了多久，我将整条街的自行车都扶好了。尾随的人群嘻嘻哈哈地散开了，那个讨人嫌的胖男人也不知所踪。我没心情上班了。回到家里，窝进沙发，只觉得腿是软的，腰是疼的，全身哪儿哪儿都不舒服。

不行，这样不行！我打电话给秦俑那家伙表示抗议："你不给我取名字也就罢了，还让我扶一上午自行车。这样的生活有什么意义！"一生气，我的口吃都好了。

"怎么没意义？扶一天自行车可能没多大意义，扶一个月自行车，它的意义就大了。"秦俑的声音闷闷的，透着狡黠，杀伤力十足。

"我不管！你想刮一个月风你自己刮去，你想扶自行车你自己扶去。反正明天我不出门，你看着办！"我大吼着，挂了电话。

还好，这家伙并没有把我设置成一个奴性十足的角色。

睡了一晚，第二天，我腿不软了，腰不疼了，全身哪儿哪儿都好了——谁知道这是不是秦俑那家伙的设置？不管了，我得假装腿还软着，腰还疼着。反正，今天我就赖在床上了。

这时候，我的手机响了，打电话的人自称是《S城晚报》的记者。他说在网上看了我扶自行车的视频，想要采访我。我果断挂断电话，赶紧上网。我的天，是谁将我的视频传到了网上，一晚上，点击量已经超过500万！

我一惊，睡意全无，一翻身起床。

果然，不大一会儿，市里的、省里的，报纸、电视台、网站、自媒体，一众媒体人都通过手机、短信、QQ、微信、电子邮件，用尽一切手段想与我取得联系。

又过了一会儿，有人来叫门了。还是《S城晚报》那名记者，不知道他从哪里打听到了我的住所。我不敢应声，更不敢开门。

我能开门吗？从窗户往外看，还有好几十家媒体正如潮水般包围过来呢。

我要出名了，还是要出事了？突然我害怕起来。关了手机，关了电脑。我重新回到床上，蒙上被子。翻来覆去，怎么也睡不着。

这样熬到中午，我下床一看，人不知道什么时候散了。

打开手机，滴滴滴，短信、微信、未接电话好几百条。

打开电脑，关于我扶自行车的各种报道已经抢占了各大自媒体的头条：扶自行车的人，折射的是整个社会风气，是一代人的道德榜样……扶自行车的人，这是一次成功的做秀与炒作……扶自行车的人，前任爆料其有暴力倾向……扶自行车的人神秘失踪，请广大网友全城搜索，看他去哪里扶自行车了，云云。

我正哭笑不得，手机又不合时宜地响了，来电显示是单位领导。

"总算联系上你了，今天你在哪儿扶自行车？"领导劈头就问。

"我……我……在家啊……"

"别装了，你可以不来上班，但你得告诉我你在哪儿扶自行车。各大媒体都堵在单位门口，上头领导快打爆我手机了……"

"我……我……真……在家啊……"

"不管你在哪儿，反正现在你得出去扶自行车。今天的风刮得比昨天更大了。上头已经发话了，现在你是我们单位——不，是我们市乃至全省的道德模范。现在我正式通知你，从今天起，只要刮风，你就不用来单位上班了。你的工作就是去街上扶自行车。不用担心待遇，一会儿我就通知财务给你发双倍工资。"领导交代完，觉得意犹未尽，又加了一句，"扶自行车的时候，如果你能穿上单位工装，工资再翻一倍！"

这事整的。秦俑，算你狠！

就这样，我不得不再次人模狗样地走上大街，扶起自行车来。

大风刮了一个月，我扶了一个月自行车。

媒体上关于我扶自行车的讨论只热了三天。说起来，我还得感谢那个三流明星，半夜，他宣布老婆出轨，无意间成功解救了我。

一个月后，风终于停了。

那天早晨，我照例走到街上。天空阴沉沉的，空气有些潮，似乎要下雨的样子。路边的自行车摆放得井然有序，像列队做操的小学生。这个时候，我才发现，刮了一个月的风终于停了。

我一激动，就给秦俑打电话："风停了，看你这鳖孙还怎么往下编！"

手机那头的声音还是闷闷的："风停了，没法儿再编了。"

我看看天边，一点儿也不像有风的样子。

雨已经淅淅沥沥下起来了。

情人节，我只想活在故事里

一

第一次约会是十六岁那年的情人节。

他约她看电影。他知道，这部电影里有她的偶像。

第一次离她那么近，恍若闻得到她发梢的味道。第一次拉她的手，心怦怦乱跳，手心里全是汗。

第一次感觉，一场三小时的电影怎么这么短。

电影散场。她问他："好看吗？"

"嗯……"他回答得有些敷衍。和她走进电影院后，他的脑子就一片空白。

广场上，遇见一个卖花的男孩。"买朵花吧，便宜卖了，一朵10块。"

他站在那里，脸一下子红到耳根。她也有些尴尬，拉着他就走开了。

一路上，两人都没说话，直到送她到小区门口，他才鼓起勇气说："我很想送你一朵花，但我的零花钱都买了电影票。"

二

二十三岁那年的情人节，他决定要做些什么。

他约她吃饭，吃完饭，又陪她看电影，看完电影，又请她吃甜点。

时间一点点过去。他终于低着头说："今晚，我们睡外面吧？"

她倒是落落大方："好啊。"

他心里的小雀儿要欢呼了。他轻轻地拉着她的手，从春熙路走到总府路，从人民路走到大业路，然后又从锦兴路、新光华街一直走到文翁路、武侯祠大街。

好像这辈子从没走过这么长的路。

还是没有找到有房的宾馆。

要不："你送我回宿舍吧。"她看到他的脸上写满了无奈与失落。

求了半天，宿管大妈才骂骂咧咧地来开门。

他是个害羞的男孩。走了那么远的路，他都只是拉了拉她的手。

那一会儿，在骂骂咧咧的宿管大妈面前，他突然抱住她，亲了她一下，然后大声地说："王晓沐，我喜欢你。"

三

那年的情人节正好是农历的大年初一，他俩在巴黎度蜜月。

但是，一点也不幸福，一点也不浪漫。

那天去逛老佛爷百货，两人兴奋地买了一堆有用没用的东西，回到宾馆，却发现护照丢了。

早知道她的性格大大咧咧，怎么就让她来保管护照呢？

大半夜的时候，他们顺着回来的路，一路找回"老佛爷"，连地铁站的垃圾桶都没有放过，但奇迹并没有发生。

重新回到宾馆，他翻来覆去，一夜无眠。她倒是好，一沾床就打起了呼噜。

第二天，她跟着他去警察局报案，去大使馆补办证件。

耽搁两天时间，补办的是临时护照，接下来的旅程也受了影响。对这件事情，他一直耿耿于怀。

后来有一次，他终于问她："丢护照这么大的事，你怎么能做到好像没事一样？"

她回答说："因为有你啊。"

一句话就让他的心里坦然了。

四

他三十二岁娶了她。两年后，有了孩子。有了孩子后，六一儿童节就比情人节重要得多了。

也是，你还奢求一个四十二岁的职场凤凰男能有多浪漫？

那个情人节的下午，闺密给她打电话："有件事不知该不该讲？"

"你讲呗。"

"我遇到了你家那位……他和别的女人在开房……"

闺密说得有板有眼，连宾馆和房号都说出来了。

她不信，一大早他就上班去了。她犹豫了一下，假装客户给他公司打电话。是助理接的电话，说："张总不在，您明天再和他约吧。"

她的心一下子乱了，连给他打手机的勇气都没了。

也许他回家了。她找个借口回到家。

他不在，保姆已经将孩子接回家了。

看着活蹦乱跳的孩子，她的心里泛起一阵阵寒意。

想了很久，她给他发了一条微信：今天过节，知道你工作很忙，忙完记着早点回家。

很快，他就回过来信息：你真傻，结婚十年，本来想给你点惊喜，快来宾馆找我吧……

她的眼泪这才哗一下出来了。

五

她七十四岁，胰腺癌晚期。不想去医院受罪了，他就在家里陪着她。

那天，她的话特别多。她说到了小时候的事。有一次，她特别想吃冰激凌，他去给他买。跑了很远的路才买到，等他将冰激凌带回来，都化得差不多了。

他说："早翻篇了，还提这些事情干吗？有什么想吃的东西，有什么想去的地儿，说出来，我陪你去。"

"今天是情人节吧？"她突然问。

"是的，外面很热闹，我陪你出去逛逛？"

"不逛了，老头子，有三十年没送过我花了，你去给我买束花吧。"

"送花有啥用？我还是在家陪着你吧。"

"去吧，去吧，我就是想要一束花。"

他下楼了。那天也是奇怪，走过一条街，又走过一条街，他都没看到花店，连卖花的也没有遇到。

不知怎的，他有些心慌。

终于找到一家小花店，他想了想，要了九朵玫瑰。

插花的女孩一直在笑着看他。

捧着花，走过一条街，又走过一条街，他心慌地往家赶。

打开家门，他拿着钥匙的手一直在发抖。

她安静地躺在床上，似乎睡着了。

花买回来了。他轻唤着她的名字，眼泪都快出来了。

她懒懒地睁开眼睛，看着他手里的花，笑了。

她说："你这是怎么了？我还没死呢。我要努力陪着你，多陪一天是一天。"

耳洞·青春痘·自然卷

黎子陌

我的死党许小沐曾经说过，长得帅的才叫青春，长得丑的顶多算是成长。

我叫黎子陌，射手座，A型血，篮球队，吉他社。要用三个字来形容我自己，那一定是：高、帅、冷。

刚入学那会儿，一个学姐天天来看我打球。

有一天，学姐忍不住在球场外堵住了我。许小沐知趣地让到一边，摆出来一副事不关己看热闹的架势。

学姐说："黎子陌，我们可以约会吗？"

我笑着说："可是，理由呢？"

"我每天都来看你打球，而且，今年我也报了吉他社……"

"哦。给你介绍一下，这位帅哥叫许小沐，他也每天都来看我打球，他也加入了吉他社。"我将许小沐拉过来，说：

"如果这也是理由，你说我是不是应该先和他约会呢？"

学姐的脸由白变红，又由红变白。

许小沐一副嘻嘻哈哈的样子："学姐，你要真喜欢子陌，留个微信，我回头联系你。"

学姐跺了跺脚，走了。

我瞥了一眼许小沐："得了吧，看上人家了？"

许小沐很认真地说："学姐不错啊，D 罩杯呢。"说着又笑起来，一脸坏坏的表情。

我的死党许小沐也曾经说过，爱情是一件奇妙的事情，不管你是不是准备好了，它要来的时候，就会来了。

这个冬天，我遭遇了一场突如其来的爱情。虽然到最后，我只能说，我们真的不能在一起。

结果是稀里哗啦地一场大哭之后，我去打了一个耳洞。

记得很久以前，许小沐就邀请过我："我们一起去打耳洞吧，我送你一个小马耳钉。"

苏芸

现在回想起来，我长痘痘，就是从遇见许小沐开始的。

我喜欢许小沐。从第一次见他，他上讲台做自我介绍开始，我就喜欢上了他。

许小沐有一对浅浅的酒窝，一头卷卷的黑发，笑起来眼睛弯弯的，很好看。说话声音软软的，像要给你挠痒痒一样。而且，他真的很帅，吉他弹得也很好。

那么好的许小沐，怎么会在意满脸痘痘、毫不起眼的我呢？所以，这样的喜欢只能藏在心底，最后全部化作痘痘，从脸上冒出来。

而且我发现，越是想许小沐，我脸上的痘痘就越多。脸上的痘痘越多，我就越是想许小沐。昨晚，我又去偷看吉他社的练习课，一早起来，我脸上的痘痘就多了、大了，像要熟透似的。

我决定要向许小沐告白。我找到他的死党黎子陌，塞给他一封信。

我说："这……这封……信……"

看着臊得满脸通红口吃的我，黎子陌笑了起来。他笑起来没有许小沐好看。许小沐的笑是阳光，他的笑有点冷冷的，带着一丝不置可否的轻慢。

黎子陌说："我不会喜欢你的。"

我说："谁喜欢你啊，我喜欢的是许小沐，我叫苏芸，你帮我把这封信交给许小沐吧。"

"哦。"黎子陌尴尬地笑了笑，"这样啊，那好吧。"

好几天过去了，许小沐都没有回信。我不知道黎子陌是不是将信交给了许小沐。又或者，许小沐是不是将信打开了。

我没有问许小沐，也懒得去向黎子陌打听。有些事情，说出来就已经是结局了。

那天过后，我似乎从一个很长的梦里醒了过来。

我和许小沐之间是不会有交集的吧。我强迫自己不要再去想他，但我脸上的青春痘似乎一点也没有消停，反而像春天的野草一样，越长越茂盛了。

许小沐

不知道你有没有经历过这么奇怪的事。

高二的时候，我的头发突然由直变卷。同学们都笑话我，连物理老师也问我："许小沐，不是讲了禁止烫发的吗？"

我只好去美发店将头发拉直，但保持不了多久，变成卷发，又得重新拉直。

黎子陌说："你这是自然卷，拉直了反而不好看。"

"什么鬼自然卷，那之前它怎么不卷呢？"

黎子陌哈哈哈地笑起来。黎子陌喜欢笑，他常对我说："你也要多笑笑，你笑起来会跟我一样好看。"

就是这么臭美的黎子陌。我们从初中起就是同学，高中在一个班，大学考到了同校同系，宿舍就在隔壁，多少年的死党了。

黎子陌爱打篮球，是院篮球队的主力，他常拉着我去看球。其实我知道，他不就是想在我面前炫耀有多少女生喜欢他，为他尖叫吗。

黎子陌还加入了吉他社，本来我是陪他去报名的，但他非要我跟着报名，结果老师说，我弹得比他好多了。

黎子陌经常拿我做挡箭牌，他是出了名的高冷，但还是有人乐此不疲，如飞蛾扑火。老有女生向我打听："黎子陌到底喜欢什么样的女孩呢？"我说："我也不知道啊。"

那天晚上，黎子陌约我喝酒。喝到半醉的时候，他给了我一封信，说是我班上的一个女生写给我的。他说："都有女生喜欢你了，要好好把握哦。"

我没有拆开信，我说："我已经有喜欢的人了。"

"哟，是谁啊，你喜欢谁啊？"

"我喜欢你啊。"

也许是喝多了酒，也许是憋得太久，说完这句话，我觉得很痛快，也很轻松。

然后两个人就沉默了，继续喝酒。第二天酒醒，也跟没事一样，两个人继续腻歪在一起，还是好兄弟，还是死党。

直到这年冬天，在一场大醉之后，黎子陌突然跟我说：

"我们真的不能在一起。"

说完他就稀里哗啦地哭了起来。

我笑着笑着也哭了，我说："黎子陌，你哭起来真的很丑！"

从此以后，我们在一起的时间就少了。偶尔见面，黎子陌会说："许小沐，你头发该去拉直了。"

我说："不拉了，自然卷也很好啊。"

"你不是说过，你不喜欢卷发的吗？"

"那你不是也说过，你不喜欢打耳洞的吗？"

我看到，不知什么时候，黎子陌的左耳上戴了一枚耳钉。

银色的小马耳钉。

慢递男孩

这个世界变得越来越快，慢递男孩只想活得慢一点。

他从不坐飞机，高铁也嫌快，能走路就走路，能骑车就骑车，不行就搭公交。实在要出远门，绿皮火车也还不错吧。那种一天到晚咔嚓咔嚓的声音让他觉得生活的烟火气没有那么重。

他不用QQ，也不用微信，要是连手机也不用，那该多好。

友人给他介绍女朋友。问他要微信，他没有。问他要QQ，他没有。问他要手机号，他说："打电话谈恋爱，那多尴尬啊。"

"那你给她写封情书，快递过去。"友人半开玩笑半认真地说。

"那样也太快了吧。"

于是，慢递男孩花了一夜的时间写了一封长长的信，然后投到女生宿舍楼下的邮筒里。

他开始等待回音。

往返几百米的距离，走了整整一周。

这才是他想要的恋爱的感觉，享受那份慢慢的等待，慢慢的煎熬。

女孩收到信，竟然回信表示愿意与他交往。

这个世界上总是有一些相同的奇怪的人用他们的方式相遇相识。

那一晚，在夜色如水的江堤上，慢递男孩想吻女孩。女孩推开他，说："你不觉得我们这样太快了吗？"

硬币男孩

遇到难以做出决定的事情，硬币男孩总是通过抛硬币来做出选择。

比如说，他要追一个女孩，那个女孩很优秀，他拿不准自己有没有追她的勇气。于是，他拿出硬币，往空中一抛，掉在手心里。

是字面，去追吧。

明显追不到。那么优秀的女孩，又怎么会看上他？

他又拿出硬币，往空中一抛，掉在手心里。

还是字面，继续追。

又被拒了。硬币男孩还是不死心，因为硬币抛出去掉在手心里时总是字面。是字面，就没有理由不继续追下去。

到后来，女孩动心了。问他："是什么让你这么死心眼儿？"

是硬币。硬币男孩拿出那枚硬币，将它抛出去，掉在手心里时总是字面。

女孩不相信："你这枚硬币两面都是字面吧？"

硬币男孩将硬币给女孩看，一面是字面，一面是花面。

与普通硬币没有什么不同。

女孩还是犹豫："一个靠抛硬币来做决定的男孩是不是值得托付终身？"

硬币男孩说："那就再抛一次硬币吧，如果是字面，我们就在一起；如果是花面，我们就当从来没有认识过。"

于是，他拿出硬币，往空中一抛……

这一次，硬币没能掉进他手心里，而是掉在地上，滚到了街边的下水道里。

电子宠物男孩

吱吱吱，吱吱吱。

她的手机响个不停，提示音显然特别设置过，像一只蛐蛐在叫。

"很忙吗？"我问她。

"还好。"

吱吱吱，吱吱吱。

"你消息真多。"我问，"是谁啊？"

"是我新交的男朋友。"她将手机递过来。

满屏都是一个人的信息提示，有文字的，有语音的，也有图片和视频。几分钟一条，多数是疑问句式：在哪里？干吗呢？起床了吗？吃饭了吗？下课了吗？想我了吗？如此种种。

"这样子，你不嫌烦吗？"

"还好吧。"她说，"反正都还没见过面。"

正说着话，吱吱吱，蛐蛐又叫起来。是一条语音，一个脆生生的声音："老婆，你想我没？现在你和谁在一起啊？"

"和一个朋友。"她喝了一口咖啡，回了一条语音。

吱吱吱，简直秒回："男生还是女生哦？"

"当然是女生。"她看了我一眼，说了一句假话。

沉默了一会儿，我问她："他是你男朋友，那我算什么啊？"

"网上刚认识的嘛，都说了还没见过面。"她又喝了一口咖啡，像是很认真地对我说，"你就当他是一只电子宠物好喽。"

积木男孩

没有人知道，其实积木男孩是自己拼装起来的一堆积木。

每次恋爱，他都是那么小心翼翼，生怕一用力，就会伤害到他心爱的女孩，更怕伤了自己，让身体变得支离破碎。

因为每次分手，他都会丢掉一块积木——也不知道是被女孩们带走了，还是自己弄丢了，又或者是掉进了时间的旋涡里。

接下来，他需要找一个藏身的地方，一边疗伤，一边用剩下的积木重新拼装好自己，让别人看不出他缺少了什么。

记不清这是积木男孩第几次失恋了。

他满以为这会是他这辈子最后一次恋爱。那么好一个女孩，简直是他的世界里最好的一个。谁知道呢，可能就是因为她太好了吧？好的东西都不会长久，就像一个美丽的泡泡，或者是一道彩虹。

破了，消失了。

连伤心都来不及，积木男孩回到住处，锁上门，先检查一下他又少了身体的哪一部分，然后想一想该怎样重新拼好自己。

这一次，积木男孩丢掉的只是一小块积木，但花了好几天时间，还是没能拼出一个完整的自己。

看着满地零落的自己，积木男孩有点想哭。

这一次，他丢掉的是一颗心。

空调男孩

恋爱中的女孩都有特异功能，她们能将男朋友变成她们想要的任意形态。

旅游的时候，他是一台跟拍的美颜相机。

逛街的时候，就让他变成一台取款机。

出了门，他就是汽车，是保镖，是超级英雄，是行走的荷尔蒙。

回到家里，要秒变家务机器人，管拖地洗衣，买菜做饭，情话要说得像巧克力那么甜。

这个夏天很热很热，女孩觉得自己快要融化了。

于是，她让男朋友变成了一台空调。

这台空调是智能的那种，能自动控温控湿，静音舒适，还省电节能。

这个夏天很长很长，天气转凉的时候，女孩发现，男朋友变不回来了，他成了一个空调男孩。

"空调男孩也很好啊。"最好的男人就应该冬暖夏凉，体贴入微。

　　可是，有一天，当空调男孩从睡梦中醒来，他发现自己心爱的女朋友不见了。

　　他找啊找，找啊找，最后在被窝里找到了一团水渍。

　　闻一闻，还有草莓的味道。

　　空调男孩伤心地哭了。

　　昨晚，气温突降，空调男孩一定是自动开启了暖风模式。

　　他忘了，那个女孩——她是一个草莓味的冰激凌。

喜欢麻雀的男孩

有人喜欢猫，有人喜欢狗。有一个男孩，他喜欢上了一只麻雀。

也许是因为孤独吧。

男孩没有朋友，连说话的人也找不着。

那只麻雀经常飞过来，它不敢靠近男孩，总是远远地，躲躲闪闪地，扑棱着翅膀，和别的麻雀一起，说着让人脸红的悄悄话。

男孩想："它一定是饿了吧，要不，给它放一些稻子，或者一些陈年的麦粒。这样，我就可以和它说，我们做朋友吧？"

但男孩动不了，他只能想啊想……

终于有一天，一个男人来了——是男孩的爸爸。他带来了一些陈年的麦粒，放在离男孩不远的地方。

开始时，那只麻雀有些胆怯，但它实在是太饿了，躲躲闪闪地，扑棱着翅膀飞了过来。地里的稻子还没熟呢，这些陈年的麦粒够它饱餐一顿了。

男孩看着麻雀。它第一次离他这么近，他几乎能听到它慌乱的心跳。

男孩闭上眼睛，鼓起勇气说："我们做朋友吧？"

麻雀似乎没有听到，它扑棱了几下翅膀，麦粒还没吃完，就倒在了男孩面前……

第二天，那个男人又来了。

他看到地上有一只僵死的麻雀，骂了一句："蠢鸟！"

回过头，他看到了歪倒在地上的稻草人——你猜对了，就是那个喜欢麻雀的男孩，他朝着死鸟的方向，四肢散落了一地——那个男人还以为是被风吹倒的，忍不住嘟囔了一句："晦气，得重新扎了！"

写情诗的男孩

暗恋是会生根的。

他的暗恋全长在诗歌里。

他每天都写诗。整整一年，他写了三百多首诗。

每一首、每一行、每一个字都是他对她美好的幻想。

这些诗写在本子上，写在博客上，写在校刊上。很多人都知道，在中文系，有这么一个写情诗的男孩。

她似乎被蒙在鼓里，毫不知情，她始终只是他生命中那个渐渐远去的模糊身影。而他终究没有勇气将这份爱公之于众。

后来出现了另一个她。

第一次，有女孩主动邀请他看电影，去夜色朦胧的江边散步。而且，这个女孩还红着脸说："都说学长你有才华，我觉得学长你长得也很好看啊。"

就是这样，好像只有经历过无望的爱恋，才能真正懂得珍惜触手可及的缘分。

他们走到了一起。谈婚论嫁、生儿育女只是时间的问题吧。

但他还是忍不住，偶尔去翻翻那些长满了诗歌的日记本。

那一天，他决定要将几大本诗歌与她分享。他讲他的第一次心动，那些冷的热的、甜的酸的暗恋的日子。

她笑着说："其实我都知道啊。"

"你知道什么？"

"我知道你这些诗都是写给我的啊……其实，学姐早都告诉我这个秘密了。那个叫穗子的学姐，你还记得她吗？"

他又怎么忘得掉这个名字。

那个他曾经暗恋的她，那个叫穗子的女孩。

跳广场舞的男孩

跳舞的男孩大多都手长脚长，远看高高帅帅的，近看帅帅高高的，怎么看怎么喜欢。

他算是个例外。你说，一个死胖子能有多帅呢！

但他确实是舞蹈专业的学生，主修古典舞，还在全国大学生舞蹈比赛中拿过奖。想象一下，一个灵活的肉球在舞台上滚过来，滚过去，是不是很有喜感？

据说，曾经有很多学姐学妹追过他。有跳民族舞的、跳现代舞的，有跳芭蕾的、跳拉丁的，也有跳古典舞的，他的搭档喜欢他两年，最后和另一个高高瘦瘦的学长好上了。

以至于有人传他喜欢男生。他听说了，笑一笑，自顾自地往广场上去。

那一段时间，他爱上了广场舞，几乎每晚都去，和一群大妈、大婶、大嫂们混在一起。

一个灵活的肉球在广场上滚来滚去，滚去滚来，一不小心就滚成了"网红"。

他受邀参加一档很有影响力的娱乐节目。

主持人问他:"作为专业舞者,是什么原因让你选择了广场舞?"

他说:"因为我喜欢一个人,她喜欢广场舞。"

主持人追问:"她是谁呢?"

他倒是大方,直接就在电视上"表白"了:"是我的英语老师,我喜欢她……"

不过,人家早都成家了,有小孩了。

这样的喜欢会有什么结果呢,无非给苍白的大学生活增添一丝颜色罢了。

现在的他偶尔还会去跳广场舞,但是不是与爱情有关,我也不知道。不过,还是有人会问:"那么多人喜欢你,为什么你要去喜欢一个已婚的老师?"

他笑一笑,说:"谁说学古典舞的就不能跳广场舞了!"

星巴克男孩

在星巴克，她又遇见了他，她的前任男友，准确地说，是前前前任。

俩人有两三年没见了吧，他还是瘦高瘦高的，脸还是那么好看，在吧台里认真地忙碌着，连背影都是那么熟悉。

现任就坐在边上，正为咖啡里加糖太多可能会让肚子变大而埋怨。

她记得前任也不懂咖啡，不喜欢喝，甚至有点讨厌。

她也说不上有多喜欢吧，就是想凑个热闹，排个队，拍个照，发个朋友圈，然后自己给自己点个赞。这么多年，她好像一直就是这么过来的。

他是不是也看到了她？她心里想，要不要过去跟他打一声招呼？或许可以问问他："你不是不喜欢咖啡嘛，怎么来星巴克工作了？"

他应该还记得她。毕竟他们在一起两年多。也许他会很惊讶，因为她和他分手后就去了另一个城市；也许他已经有了新女友；也许他会说，哦。

她有些走神，全然没注意现任因为咖啡加糖太多而去吧台找前任说事。他的嗓门儿那么大，好像要让全星巴克的顾客都听到似的。他说："你们的咖啡也太甜了吧！星巴克的糖都不要钱吗？"

她迅速逃出了星巴克，桌子上的咖啡还冒着热气，连照片都没顾上拍。

只有不懂咖啡的人才害怕咖啡是苦的吧。

像死了一样的男孩

　　说分就分，她开始着手从生活中清除与他有关的一切。

　　先是各种联系方式：微信、微博、QQ、手机号码、电子邮箱……能删除就删除，能拉黑就拉黑，甚至连曾经的共同好友也都删了个遍。

　　然后是家里的大扫除，他用过的水杯、盖过的被子、看过的书、趿过的拖鞋、看了一半的DVD……恨不能将与他亲热过的自己也一并垃圾桶里见。

　　她说，一个合格的前任，就应该像是死了一样。

　　但他不这么想，他还是会不经意地在她的生活里横冲直撞。

　　有时是一张明信片，有时是一个陌生电话，有时是一个新的好友关注，有时他还会出现在朋友与她的谈话中……一切细节都在显示，他还在关心着她，通过朋友的朋友的朋友，通过一切可能的方式，就好像他从来没有离开过。

　　这让她心生厌恶，更加处心积虑地防着他。而她的防备又反过来让他变本加厉地想要窥探她。

　　他就像她的影子，只要有光，就会投射到她的墙壁上。

　　直到半年后，她和他相遇在地铁站。

　　这是一场没有预谋的相见。她看到了他，他应该也看到了她。她想躲开他，但无处可躲。他正面走了过来。两个人擦肩而过，就好像从来都没有认识过。

　　这个时候，她才知道，在他的世界里，其实她也早已经死过了。

粽子男孩

快到端午了，粽子男孩想给女朋友一个惊喜。

他说："要不，我将自己快递给你吧。"

"好啊好啊，你倒是寄过来啊。"女朋友没有客气。异地恋很辛苦的，也就每晚的视频通话，还有节日周末啥的，能多点甜蜜的怨气吧。

端午这天，女朋友真的收到了粽子男孩快递过来的礼物。

是一个煮熟的粽子。

女朋友将粽叶一层一层剥开。不知怎的，她想起了粽子男孩第一次赤裸裸地站在她面前的样子。

想来应该是一个香香的甜粽吧，就像他们这些年青涩而美好的过往。

粽叶剥开，赫然露出一个肉粽！

而且，明显是动过手脚的。一掰两半，果然露出一个钻戒，裹了好几层彩色塑料纸，很细心地包在粽子心里。

但女朋友并没有觉得很开心。因为也许粽子男孩也不知道，她从来不吃肉粽，只吃甜粽的。

她是真的很讨厌肉粽啊。

过了好几天，女朋友才给粽子男孩发微信：对不起，我不能接受你的礼物。

为什么？

你说话不算数，你说了要将自己寄过来的。

沉默了好大一会儿，粽子男孩才回过来一个委屈的表情：我是将自己寄给你了的，那一层一层被你剥开然后扔掉的粽叶就是我啊。

面包男孩

面包男孩是一个可爱的小胖子。

最近他谈了一个女朋友。

女朋友感觉面包男孩各方面都还不错，唯一的缺点就是有点儿婴儿肥。"如果再瘦一点，哪怕瘦个十斤八斤，就完美了。"

哪个男孩不想做一个完美的男朋友呢？

面包男孩很快就启动了减肥计划：节食、跑步、游泳、打球、去健身房……半年后成功瘦身，瘦得跟一根油条似的。

但好运和爱情好像并未因此而驻留。那一天，两个人沉默着走过一条街。他女朋友说："我们分手吧。"然后走到街角，坐上了一辆"宝马×5。"

没过多久，又有人给面包男孩介绍女朋友。

这个女孩对面包男孩也还满意。"就是有点儿瘦，男人嘛，稍稍有一点肉，会显稳重成熟，会疼人。"

面包男孩就想，那我还是回到过去那样的小胖子吧。可是，事与愿违，越想胖越胖不起来，怎么吃、怎么睡都没有用。

倒是那个女孩，因为有面包男孩的照顾，一天天地胖起来了。

现在他俩还在一起。

一个胖女孩，一个瘦男孩，搭配着也挺好的。

猫的男孩

"我们这样算不算已经分手了？"

异地恋不靠谱。有时候，现任与前任之间只不过隔了一句客气的告别。

分手后，他和她还保持联络，若即若离那种。

他说他养了一只猫。回家的时候，猫会到门口迎接他，看电视时卧在他身边，睡觉时老往他被窝里拱。

他说，猫也会撒娇，猫也会生气，不知道猫会不会流泪？

她听他唠叨，时不时地嗯一下，算是回应。

他说，要不就叫他落落吧。

谁？

猫啊，总要有一个名字的。

不可以！

她气愤，她提出抗议，她坚决反对。

想起来以前他经常这么唤她：落落，不要赖床啦……

落落，吃饭了……落落，我爱你……

如今，他竟然想这样唤一只猫。

可是反对又有什么用呢？只能是不了了之，生活很快又恢复原样。他还会跟她通电话，偶尔也视频。他还会说，他的猫怎样怎样——长胖了，闯祸了，发情了，叫声跟小孩的哭声一样。

有次视频的时候，那只猫突然冲进镜头，撒欢儿似的扑到他身上。

他受到惊吓，下意识地说了一句，皮皮，走开！

然后，他对着她尴尬地笑了笑，解释说，改名了，毕竟是一只小公猫。

她也尴尬地笑了笑，关掉视频，犹豫了一下，又拉黑微信，附带着连手机号也拉入了黑名单。

口罩男孩

在第六次约会之后，口罩男孩和他的女孩终于走到了一起。

第一次约会的时候，口罩男孩好腼腆啊，他都不敢正眼看那个女孩。

第二次约会，口罩男孩戴着口罩。

第三次约会，口罩男孩戴着口罩。

第四次约会，口罩男孩还戴着口罩。

第五次约会，口罩男孩仍然戴着口罩。

第六次约会，口罩男孩又戴着口罩出现在了女孩面前。女孩很好看地笑着，好奇地问："为什么每次和我约会，你都要戴口罩？"

口罩男孩摘下口罩，说："如果不戴口罩，我怕我忍不住会说，我爱你。"

我的网恋手记

我喜欢上"花醉红尘"社区的时候，也喜欢上了一个叫花无双的女子。我叫雪落尘，这个名字是认识花无双之后取的。在此之前，我可能叫张三，也可能叫李四，但这并不重要。

以前我不常去"花醉红尘"，偶尔去了，也只是翻翻别人回复我文章的帖子，翻着翻着，就看到了一个新鲜的名字，接着就找到了她那些闲散淡然的文字，还有一张清脱如莲的照片。资料显示她跟我在同一个城市。于是我决定要留在这里了，而且给自己取了这个同样古典而优雅的名字。

花无双也经常挂在网上，几乎每天都可以见到她的帖子，帖子总是那么清新淡雅，又总是那么充满闲情逸致，好像成天都是吃喝玩乐，好像流泻的文字也不过是她养着的一群宠物狗。我喜欢这种懒散的感觉。她一发帖，我马上就跟上去，在她的文字后面屁颠儿屁颠儿地发表一些指手画脚的评论，全是些好听的、肉麻的话。这一招看似俗套，却屡试不爽。不过对花无双来说，我所有的努力都好像一个没有响应的程序，让人无比郁闷。

当然，在这个文学社区里，爱慕花无双的人并不只我一个。比如小李肥刀，算是比较知名的网络写手吧，发表过不少闭着眼睛编出来的网络爱情故事。我们都笑他，问为什么他的故事老是俗得掉渣？可是每回他发了帖，总会被置顶，也总会有很多人掉着眼泪跟帖子。

想一想，其实我们都是俗人。

只有花无双不是，她对小李肥刀的爱情故事总是不屑一顾。偶尔回个帖，也是一声发自鼻翼的嗤声之后，再加上一句毫不客气的反问："小儿科，这也算爱情吗？"常常气得小李肥刀直跳脚。这样反复几次，小李肥刀竟然对花无双动了心，并四处扬言一定要把她斩获马下。

那段时间，社区里真的很热闹。小李肥刀就像一个上足了发条的机器人，频频在社区里发表写给花无双的情书。开始时是一天一封，后来发展到每半天一封，最后一天可以写好几封。我也跟着瞎起哄，不停地在这些情书后面再三声明，说我才是花无双男朋友的最佳人选，任何人都不要有想法，否则责任自负。而花无双呢，天天没事人一样，照样牵着她那些像宠物狗一样的文字到处闲逛。

小李肥刀对花无双冷傲的态度很有意见，转而改变战略，到处散布一些关于花无双的小道消息，一会儿说他见到了花无双，一会儿又说他们确定了恋爱关系……各种闲言碎语像苍蝇一样飞满了"花醉红尘"的上空。我还是坚持自己的立场，处处替花无双维护辩解，处处与小李肥刀为敌。为此，我与小李肥刀的争吵升级到了对骂版，他一句过来，我一句过去，要多毒有多毒。没出半个月，几乎全社区的人都知道了我跟小李肥刀为争宠花无双而斗得头破血流……

终于花无双打破沉默了。她主动发私信给我，问我干吗老是护着她。我说："没什么，就觉得你我有缘。"她果然发过来一串问号。我便给了她那个预谋已久的解释："看看我们的名字吧，你以'花'起首，我以'尘'作结，不正应了'花醉红尘'四个字吗？"她无言。我又说："其实很久以前我就想交你这个朋友了。"她说："好啊，活了二十几年了，正好还没有一个谈得来的人。"我说："那我就做你谈得来的那个人吧。"

跟大多数网恋一样，一切都俗得不能再俗，我们从这个冬天轰轰烈烈地开始，到下一个春天冷冷清清地结束。

我们见面了，做那些该做和不该做的事。花无双躺在床上，像一只熟睡的小花猫一样蜷成一团。后来她醒了，对我说："我以为你已经走了呢。"我一脸疑惑："你以为我走了？”她努力睁大眼睛看着我，看了很久，就像在数着我脸上的青春痘一样。她说：“你不觉得我们都应该走了吗？”说着起床开始收拾东西。

我看着眼前这个清脱如莲的女子。见面之前，她是那样不可捉摸；见面之后，她还是那样不可捉摸。我轻轻地问：“我们还会不会见面？”良久，她才发出一声轻微的叹息，然后背起包准备出门，临出门的时候又扭过头来说：“谢谢你，你是第一个问我还会不会见面的男人。”

从此，我们就没有再见。我在“花醉红尘”里给她留言，她很久才回复说：雪落尘，我讨厌高瘦高瘦的小男人，我喜欢像小李肥刀那样的胖男人，刚刚他送给我一颗十克拉的大钻戒，我们准备明天一块儿私奔了……

这个借口看上去真的不错。或许故事也该结束了。

最后再说一句：我叫雪落尘，在叫这个名字之前，我还有个名字叫小李肥刀。你知道的，一个叫小李肥刀的人，他不一定是个胖子，而且就算他是个胖子，他也一定买不起十克拉的大钻戒。

流浪猫公社

　　家里的猫一只一只地越来越多，我与苏苏的感情一天一天地越来越淡。

　　这些猫都是苏苏从街上捡回来的，她给每只猫都取了好听的名字。纯白的那只是苏苏的最爱，刚从街上捡回来时脏兮兮的，没想到洗过后吹干，毛色居然是很显贵族气质的白，于是苏苏便叫它王子。

　　王子是我家的第一位猫族成员。那一天阳光很好，轻风袅袅，我陪苏苏去逛街。苏苏在弯腰系鞋带的时候看到了王子。我清楚地记得王子当时的模样，也许它饿了几天，身体不停地发抖，双眼无助地盯着苏苏。苏苏抬头看着我，说："好可怜，一定是在街上走丢了，我们带回去吧？"我将猫抱起来，上上下下检查一遍，算是默许了。

　　可是没有想到，接下来的几个月里，玫瑰、卡卡、月亮、小狐狸……陆陆续续有十多只猫被苏苏带回了家。我劝过苏苏，苏苏说："看这些猫多可怜，你就忍心看着一只毫无依靠的猫在街上流浪吗？"她每次都这样说，我只好无语。

这样的日子并没有持续多久，有一天，我终于忍无可忍，冲着苏苏咆哮起来。苏苏开始反驳了几句，到最后不说话了，只是不停地流泪。我说："你要么放弃这些猫，要么放弃我，你自己选择吧！"苏苏看着我说："你是嫌弃我了吧？以前你不是说过，无论我做什么，你都会支持我的吗？"我扭过头去，不敢看她的脸。等我再扭回头时，她已经背着包走在了楼下的林荫小道上。那群猫跟在她的身后欢快地跑着、跳着，有时还互相撕咬亲热。我站在露天的阳台上看着她的背影渐行渐远，当快要走出小区大门时，她犹豫着返身回头，看了看我们曾经一起住过两年的楼房。那一瞬间，我的心口突然剧烈地疼起来……

终于体会到了什么是失恋的滋味，如今半年过去了，那些猫还不停地在我的梦中折磨着我。一想到苏苏，我的心还是会碎得一塌糊涂。好朋友们一个一个地跑来安慰我，小舞也来了，带着她新养的蓝色苏格兰折耳猫。小舞说："一个人寂寞吧，叫我家皮皮来陪你。"我说："不用了，我不喜欢猫啊狗的。"小舞坏坏地笑着说："我要去外地两个月，这样皮皮就没人照顾……"我哭笑不得，我说："原来小舞你是这样子对我好的。"

就这样，在苏苏领着那群流浪猫离开后，一只叫皮皮的苏格兰折耳猫又开始闯入了我的生活。刚开始的时候，我挺烦它的，要按时喂食喂水，还要给它打点一个休息和排泄的地方。有时我正在写作，它会跑到我面前蹭我，一蹭一蹭就把我的灵感蹭没了。甚至有一次，在我熟睡之后，它竟然没有经过允许，擅自钻进了我的被窝。为此我动手打了它，它居然像个做错事情的孩子一样，不躲不闪，眼眶里似乎还闪着委屈的泪花。就是在那一刻，我突然发觉自己喜欢上了这只叫皮皮的苏格兰折耳猫。我喜欢它在我下班回家时亲昵地咬着我的裤管欢迎我，喜欢它在有太阳的周末跟在我的屁股后面到处闲逛，也喜欢絮絮叨叨地跟它说一些我想说而它又听不懂的话。

小舞回来那天，我陪她去逛街。她买了皮皮喜欢吃的猫零食，还买了她自己最喜欢的爱尔兰乡村音乐 CD 和几大包衣服。我跟在她后面满大街地晃，实在走不动了，我们才回家。打开家门，阳台窗户开着，皮皮不见了。我和小舞满屋子地找，却怎么也找不着。小舞很丧气地说："一回家就丢东西，这只猫值好几千呢。"我说："几千块钱是小事，可皮皮真的是一只很好的猫。"接下来几天，我又拖着小舞一块儿在院子里到处找，挨家挨户地问，还是不见踪影。我也泄气了，而且我发现我的心口又开始疼起来，与那天苏苏带着她的猫群离开时一模一样。

大约过了一周，突然小舞打电话对我说皮皮找到了。我问在哪儿找到的。小舞说："你上网吧，上网我跟你说。"在网上，小舞给了我一个网址，打开来，是一个叫作"流浪猫公社"的主页，是一群业余收养流浪猫的人建立起来的，上面提供了很多猫的照片，是供丢失宠物猫的主人们来认领的，其中有一张跟皮皮很相似。

我在网页上找到了联系电话。电话打过去很久没人接，接着打，终于有人接了，但对方不作声。我说："我的朋友丢失了一只苏格兰折耳猫，与你们放在网上的照片一模一样，我们要通过什么样的手续来认领呢？"对方还是不作声。我说："不要紧的，你说个价吧，我们会如数支付费用的。"对方终于开口了："你来海豚路 21 号吧。"说完就挂了电话。

我的心口又莫名其妙地疼起来。我恍惚觉得对方的声音有些熟悉，但未及细想，我们赶紧开着车去了指定的地方。没想到开门的女孩竟然是苏苏。她明显瘦了，但我还是一眼就认出了她。

小舞在一堆猫中找到了她的皮皮。

我与苏苏久久相对无语。我望着一屋子的猫，像是自言自语地说，看这些猫多可怜，谁忍心这些毫无依靠的猫在街上流浪呢？苏苏的脸色还是很难看。我抱住苏苏，附在她耳边说："苏苏，小舞和我只是好朋友，你跟我回家吧。"苏苏哭了，从家里离开那天，我没有见到她流泪，可是这一天，我看到她像个孩子一样毫无顾忌地哭出声来。

那天，苏苏跟在我的身后回了家。我们的身后是一群欢快地跳着、跑着的流浪猫。那一天距离苏苏遇到王子刚好是一年。那一天阳光很好，轻风袅袅。

分手定律

每次跟男朋友分手，苏小鱼都会在半夜的时候给我打电话。每次听完苏小鱼最新版本的分手故事，我都会说："苏小鱼，拜托你一件事，下回再跟你男朋友分手，请你选择白天好不好？"

其实我也觉得奇怪，为什么这么多的分手都发生在晚上？连我跟 Jesan 的分手也不例外。那天晚上，快 0 点的时候，我忍不住拨通了苏小鱼的手机。我说："苏小鱼，我跟 Jesan 分手了。"

苏小鱼说："如果睡不着就出来吧，我在海豚酒吧，我陪你喝酒。"

那个晚上，我跟苏小鱼面对面坐着，我们一起听忧伤得有些暧昧的苏格兰音乐，一起喝涩涩的不知道什么牌子的啤酒。

苏小鱼说："你知道我分手多少次了吗？"

我醉眼蒙眬地看着苏小鱼说："不知道。"

苏小鱼说："那你总记得我多少次半夜的时候给你打电话吧？"

"十次？十五次？记不清了。"我继续喝酒。

"我也记不清了，反正每次分手，我都会给你打电话。"苏小鱼大声地笑着，一直笑得酒呛到了喉咙，脸涨得通红，才接着说，"你跟 Jesan 认识多久了？"

"半年——还差十小时。"

"半年？这么长时间，那你得花三个月的时间去忘记他。"苏小鱼睁大眼睛说，"忘掉你的旧情人需要你和他交往时间的一半，这是我总结出来的分手定律。"

我跟苏小鱼碰杯。我说："这个我也会算的，半年就是六个月，六除以二得三，我要用三个月的时间去忘记一个人。"我学着苏小鱼的腔调说话，我仰着头喝完杯子里的酒，然后一头倒在了桌子上。

其实醉了更好，清醒便意味着痛苦。当我醒来，当我的思维慢慢流畅，我又开始强烈地思念 Jesan，而且很快又陷入了那个思维怪圈：为什么我会爱上 Jesan？为什么爱上 Jesan 后会很快乐？为什么快乐总会有终点？为什么终点是因为另一个女人？为什么 Jesan 会爱上另外一个女人？为什么我会爱上 Jesan？……

好在苏小鱼经常给我打电话。苏小鱼说："今天是第十天了，你忘了 Jesan 了吗？接着是十一天、十二天、十三天……"问完这个，苏小鱼还会大笑着跟我聊她的新朋友。她说，他跟 Jesan 一样，也是搞艺术的，人很帅，性格很温和，对她也很好……她还说："我就是想刺激你一下，三个月很快就会过去，一切都可以重新开始。"

七十五天了，苏小鱼第七十五次问我，你忘了 Jesan 了吗？我第七十五次回答："没有。"我说，"不可能的，越是想忘掉，就越是忘不掉。"苏小鱼嘿嘿地笑着说："那我要实施 B 计划了。"

苏小鱼的 B 计划是一个叫森的男人和一束玫瑰。森抱着那束玫瑰来找我，他说他是苏小鱼的朋友，是苏小鱼让他来的，他来找我的目的很明确：他是来追我的。

我说："你凭什么追我？"

森的脸上洋溢着孩子般的微笑："你觉得我不够帅吗？"

我说："马路上的帅哥大把大把的。"

森说："或许你觉得我不够真诚？"

我看了看森手中的花，说："就用一束花来证明吗？"

森的脸上还是带着孩子般的微笑。他说："没关系，我会用时间来证明的，现在的问题是我朋友拜托我来追你，如果我不追你，就对不起朋友，所以我一定要追你，不管你愿不愿意。"

　　我没再反对，森并不令人讨厌，而且有点帅，他帮我洗衣做饭，陪我聊天解闷，让我的日子过得像风一样，也让我慢慢地明白了：这个世界缺了 Jesan，地球照样会转。

　　三个月的最后一天，我主动给苏小鱼打电话。我说："苏小鱼，我已经忘掉 Jesan 了。"

　　是吗？苏小鱼大声尖叫着："告诉你，我要结婚了！下个周末，你一定要来，而且要带上你的新朋友！"

　　我很惊讶，连苏小鱼都说自己要结婚了，三个月没出门，这世界，变化真大。我说："苏小鱼，我会去的，我要狠狠地祝福你。"

　　森在一边静静地听着，他的脸上突然写满了失落。森望着我说："你真的很开心吗？你知不知道苏小鱼跟谁结婚？你知道那个男人就是你曾经的 Jesan 吗？"

　　我像是又回到了梦里，我问森是怎么回事。

　　"也没什么，Jesan 本来就是因为苏小鱼才跟你分手的；而苏小鱼又是因为 Jesan 才与我分手的。"森说，"不过我对你是真心的，只要你真的已经忘了 Jesan。"

　　"可是你呢，森，你是不是真的已经忘了苏小鱼？"我看着森，目光迷离。

更多的人死于心碎

说的是苏菲。苏菲是一个女性时尚杂志的编辑。

如果你把苏菲想象成一个嘴唇蓝蓝、头发红红的另类女孩，那你错了。如果你把苏菲想象成一个刚离过婚，手头总是夹着香烟的女人，那你又错了。苏菲是那种对什么都淡淡的女生，说话很小声，不轻易得罪人，连走路都是一步、两步，轻轻地。

单位有局域网，杂志社那帮人有事没事总挂在网上。苏菲很少上，偶尔上去，也只收发个邮件。苏菲打字的速度倒是杂志社公认的第一，有同事调侃她："你那打字速度，一天泡一个男生，都是小菜一碟啊。"苏菲只是浅浅地一笑，不置可否。

其实苏菲也上网。在苏菲眼中，网络跟现实是两个不同的世界。只有在午夜，从睡梦中醒来，她才会懒懒地为自己备上一杯纯净水，偶尔会点上一支薄荷味的摩尔香烟，披着散漫的睡衣，徐徐地步入这个虚拟的空间。

网络里的苏菲是张扬的，敢爱敢恨，敢说敢做，她的每一句话、每一个细节都像是张开翅膀的女人的身体，充满着诱惑和暗示的陷阱。很多男人都愿意与苏菲约会，她也不计较这些，不就是见见面，说说话，喝喝咖啡，或许还做点别的什么吗？

后来就遇见了林柯，一个在校大学生，也是苏菲见过的唯一比自己年龄小的网友。在那样的状态里，林柯就像一条鱼，不经意间就游到了苏菲的海洋里。很多年以后，苏菲回忆起这个大个子的小男孩，还是禁不住翘起兰花指，手指轻轻拂过额际的刘海，然后缓缓地划过耳边、嘴角，露出无边的妩媚来。

林柯第四次到苏菲家里来过夜。他嘴唇上的绒毛已经开始发黑，他已经不再像第一次那样不知所措，他关上门，从后面抱了上来。苏菲推开他，咕咚咕咚喝完半杯纯净水，然后问他："你不是爱上我了吧？"林柯愣了一下，红着脸什么也没说。

看着林柯，苏菲浅浅地笑了。苏菲说："你约我，不是专门来发愣的吧……"

风平了，浪静了。苏菲点了一支烟，歪着脑袋说："以后别来找我了，见的次数多了，就没什么意思了。"

林柯什么也没说，只是将头埋到被子里。

苏菲说："你不会哭鼻子了吧，你可别当真啊。"

林柯抬起头来，眼睛里果然充满了泪花。

林柯说："我还没有恋爱过。"

"你想与我谈恋爱吗？"苏菲似笑非笑地看着林柯，那你说说，"你最喜欢我什么？"

"我最喜欢你翘着手指拂过刘海时的妩媚。"

苏菲又浅浅地笑起来。

就这样，苏菲的海洋里又开始游入其他形形色色的男人。林柯还会不厌其烦地给她打电话，或者在网上大段大段地给她留言。苏菲没有回应，她甚至开始后悔，为什么要跟一个容易认真的小男孩约会呢？

那天是苏菲的生日。自从一个人来到这座城市，生日时，苏菲习惯选择寂寞。除了几个亲友的电话或者短信祝福，又或者还有一两个网友的电子贺卡，其他能够陪她的就是摆放在电脑面前的那杯纯净水和手里夹着的摩尔香烟。但是这一年的生日，苏菲突然想起了林柯，那个大个子的小男孩。她正准备打他手机，他就在外面将门铃按得嘀嘀响。他捧着一个大大的生日蛋糕，傻乎乎地站在秋风中的楼门口。

那一瞬间，苏菲的心里有点潮湿。

只是当又一次的风平浪静，苏菲还是很冷静地告诉林柯："以后还是别来找我了吧，我真的不相信爱情的。"

林柯却好像在苏菲的海洋里迷失了方向。他从苏菲家里回学校，在经过那座古老的苏州桥时跟苏菲打手机。林柯说："苏菲，我爱你，你做我女朋友吧。"

苏菲浅浅地笑着说："我不相信爱情的。"

林柯说："你要怎样才肯相信呢？现在我在苏州桥上，我从一数到十，如果你还不相信，我就从桥上跳下去，这样你就相信了吧？"

"你跳吧。你跳个试试。"苏菲开着玩笑说。

林柯真的开始数数："一、二……"

"你不会真的跳下去吧？"林柯数到七时，苏菲心里突然一紧。

"爱情让人如此心碎，再见了，苏菲。"林柯数到十，手机就挂断了。

苏菲以为林柯只是开玩笑的，当她第二天在晚报上看到那则消息，就有一把刀子狠狠地剜进了她的心脏。消息讲的是一个大学生因为失恋，从苏州桥上跳了下去。当时桥上很多行人目睹了这一幕。

从此，苏菲变得忧郁了。之后苏菲也尝试着开始相信爱情。三年时间里，她先与一个银行的副行长结婚，然后又嫁给了某个机关的副处长。

最后，苏菲又单身了，与很多时尚杂志的女编辑一样，她也开始喜欢夹着一支香烟在办公室里上网。只是到了午夜，习惯性地从梦中醒来，她才一遍又一遍地拨林柯的手机。虽然每次手机里都会传出来同样的一个声音：您拨打的号码是空号。

其实有一次，一个叫林柯的男人打了她手机。他说，那晚跳江殉情的不是他，现在他在南方一个都市工作，有一个很好的女朋友。他还说，他出差经过这个城市，希望能够与他曾经喜欢的人再见一面。

苏菲没有答应去见他，她翘起兰花指，手指轻轻拂过额际的刘海，然后缓缓地划过耳边、嘴角，露出无边的妩媚来。

苏菲说："林柯不是早已死于心碎了吗？"

发生

果儿是我今年的第三任女朋友。

我这么说，丝毫没有自我炫耀的意思，你也千万不要因此断定我是一个花心男人。不信的话，你可以去问我今年的前两任女友朵朵和小鱼。你问问她们就知道了。我们分手，不是我的原因，也不是她们的原因，而仅仅是因为无聊。有的时候我想，是不是所有的爱情都是这样：一个人的时候，我们会感到无聊，于是我们便去寻找另外一个同样无聊的人。可是我们没有想到，两个人的时候，我们还是会一样无聊，于是我们只好分手。

我与果儿是在海豚酒吧认识的——我很喜欢这家酒吧的名字，朋友们常常把它比喻为收容所，它收容这个城市里彻夜不归的孩子们，包括我，也包括果儿。那天晚上，果儿一个人占着一张桌子，她的眼影是我最喜欢的果绿色。我走过去和她碰杯，跟她说话。现在我已经记不起来那天晚上我们都说了什么。

当然，这些都不是重点，我还是接着说后来发生的事情。

后来果儿就成了我今年的第三任女友。刚开始，我们处得很不错，果儿人长得好，性格温柔，对我也很体贴。与这样的女孩处对象，有什么理由处不好呢？再后来，果儿开始对我发牢骚了，更准确地说，果儿是在对现有的生活表示不满。

譬如起床的时候果儿会说："为什么你每天早上起床都是先刮胡子，再刷牙，你就不能哪天先刷了牙，再去刮胡子？"

譬如看新闻的时候果儿会说："为什么这么多的国家元首和政府首脑在空中飞来飞去，也没见哪架飞机出状况？"

再譬如，有一次果儿回家后一个人坐在沙发上发愣。我问她怎么了。她说："我正在想今天有没有事情跟你说。"我说："你想到什么了？"果儿一脸无奈地告诉我："我都想老半天了，也想不起有什么好说的……"

如果只是这样，我想，我还会跟果儿继续好下去，可接下来又发生了一些事情。

在我的记忆中，这些事情是从果儿与我的一次电话开始的。那天我正在上班，果儿突然打我手机。果儿说："我楼下的银行被抢了。"我说："是吗？"果儿很兴奋地说："来了五六个蒙面持枪的歹徒，我在楼上看得一清二楚，有一个人的腿还有点瘸……几分钟时间，他们就将银行洗劫一空。"我说："你快报警啊。"果儿说："警察都来了，正在楼下调查呢。"我说："那你不要作声了，装作什么也不知道。"果儿说："那哪行呢，我现在就下去举报情况。"我说："你自己小心点儿吧。"果儿那头已经挂了电话。

过了几天，同样是上班的时候，果儿又打我的电话。果儿说："我楼下的超市起火了。"我说："你楼下不是银行吗？"果儿说："左边是银行，右边是超市，起火的是超市，现在全市的消防车都出动了，大火差点儿就蔓延到我们单位这层楼了，只听到楼下一片玻璃破碎的声音。"我说："起火就起火，玻璃怎么会碎了呢？"果儿说："你真是没见识，告诉你，玻璃一遇热，自己就碎了，那声音，噼噼啪啪的，像过大年放鞭炮一样。"

这本来也没什么奇怪的，银行遭劫、超市失火也算不上什么新闻了。但那天我碰巧去果儿单位，我看到他们的楼房好好的，而且一楼根本就没有银行和超市。我问果儿怎么回事。果儿一脸惊讶地说："真是笑死人了，我给你打过电话吗？"说着还哈哈大笑起来。

当时我一下就糊涂了，我也拿不准果儿是不是跟我说过这些事。但是接下来发生的另外一些事情从侧面证实了她打电话的真实性。

那天，我约果儿逛公园，结果我在公园门口等了十多分钟还不见她的人影。我打她的手机。她用很微弱的声音跟我说："我出车祸了，你快到经三路与纬一路交叉口来。"我说："你没事吧，你不严重吧？"果儿还是用很微弱的声音说："我乘坐的公交车与一辆大卡车撞上了，我手上、脚上、脸上全是血，你快点赶过来吧。"我一下慌了，打车赶过去。哪里有什么车祸，果儿正趴在公园另外一个出口的大门上笑呢。

我说："果儿你怎么这样？"果儿说："两个人多无聊啊，总要发生点什么才有意思吧。"

想一想，果儿说的也有几分道理。可是如果这样的事情经常发生，那么再有意思的事，恐怕也会变得没有意思起来。最近果儿玩上瘾了，一会儿在公交车上抓贼，一会儿在胡同里碰到抢包的流氓，一会儿又是朋友在结婚仪式上丢了戒指，一会儿又是某同事生的小孩长了两个脑袋……刚开始，我还偶尔相信，到后来，我就懒得理她了。

算一算，我与果儿有两三个月没有联系了。直到有一天，我无意间从家里一只古董花瓶里找出来一块石头，我才给果儿打电话。我告诉果儿："我家发现宝物了，就藏在我曾祖父留下来的花瓶里，你快来看啊。"果儿兴冲冲地来了，一进门就尖叫着问宝贝在哪儿，我笑嘻嘻地摸出一块灰不溜秋的鹅卵石，放到她手心里。果儿一愣，等反应过来，便开始哈哈大笑，一直笑得眼泪都流出来了，才停下来，叹了一口气，说："我们分手吧。"

我说："分吧，分了也好。"

爱上唐小糖

我是一个男人，一个男人爱上一个女人，尤其是一个漂亮女人，本来应该是一件非常美妙的事情，但如果这个女人已经有了孩子，恐怕就不再是一件什么好事了。

我爱上了唐小糖。

每天早晨，我都会准时送唐小糖的孩子去附近的一个学前班。唐小糖的孩子长得很像她的丈夫，她的丈夫是一个不大不小的单位的领导。而我只不过是这个单位的专职司机。

唐小糖和我属于同一类人，我们都喜欢这样的生活：压抑而又充满刺激，就像小时候偶尔玩过的一场冒险游戏。我们小心翼翼地在彼此的生活里扮演着各自的角色，又不放过任何一次可以放纵的机会。

这样一直延续到了情人节。那一天，唐小糖的丈夫出差了，他到了另一个大洲，去跟其他男人谈一些跟钱有关的事情。

我觉得这个情人节应该发生点什么，于是我给唐小糖打电话。我说："唐小糖，节日快乐！"

唐小糖说："没有你，我怎么会快乐得起来呢？"

于是我去了唐小糖的家，我记不清这是第几次去唐小糖的家了，但是，这是我第一次大大方方地在她家的每个房间里走来走去。

唐小糖家的房子真大啊！我走过来，又走过去，我说："我也要一套这么大的房子。"

唐小糖说："你一个单身男人，要这么大一套房子干什么，你不会也想着要娶一个像我这么漂亮的女人吧？"

我说："就娶你啊！"

唐小糖没有回答，她俏皮地用她娇小的嘴巴粘住了我的嘴。

我想说话也说不出来了。

快乐有很多种表达方式，有一些快乐总是这样相似。就好像是一场梦，在糊涂中越来越清醒，在清醒中越来越糊涂。

那个时候，我躺在唐小糖的床上，唐小糖躺在我的怀里，我突然听到了自己像是故意发出的一声轻微的叹息。

唐小糖当然也听到了，她仿佛刚刚从一场迷乱的野外漂流中缓过神来，她用湿漉漉的眼神看着我。

唐小糖说："你为什么叹气？"

"我想结婚。"

"跟谁？"

"跟你。"我说，"我要每年的情人节都跟你一块儿过。"

唐小糖没有说话。

我看着唐小糖，很仔细地看，我看到她的眼角已经流露出了岁月流逝带来的倦意。

我说："唐小糖，你真的爱我吗？"

唐小糖说："难道你不爱我？"

我说："唐小糖，你要是真的爱我，你就跟我结婚吧。"

唐小糖说："那怎么行呢？"

我说："可是唐小糖你说过你爱我的！"

"我是说过我爱你，可是我并没有想要跟你结婚。"

我说："那我算什么？"

唐小糖说："这样不好吗？你为什么说这些呢？"

我说："唐小糖，我也会有这么一套大房子，等我有了住的地儿，你就嫁给我吧。"

唐小糖说："谁稀罕房子？我只稀罕爱情。"

"可是除了爱情，我还有什么？甚至连你都不是我的。"

唐小糖说："你也可以结婚啊。"

我没再作声。我默默地起床，穿衣，走出这间不属于自己的房子。

唐小糖在我身后苦苦哀求："你不能这样，你不能告诉他我爱你，你想要房子，我们可以一起想办法。"

我说："唐小糖，我要的是我们的爱情。"

唐小糖说："爱情我也可以给你。"

我回过头去，突然很诡异地笑着说："唐小糖你真的爱我吗？"

唐小糖说："真的。"

我说："可是我已经不再爱你了。"

我甩脱了唐小糖的手，走出了唐小糖家的楼房，我听到爱情的脚步在后面跟着我奔跑，可是我回过头去，却只看到唐小糖家阳台外面晾着的衣服正在风中猎猎作响。

我一边走，一边给我的领导，也就是唐小糖的丈夫打电话。

我说："我爱上唐小糖了，唐小糖也爱上我了，我们已经上床了。"

如我所料，他非常生气。他说："你不会忘了我们的协议吧，你说过不会动我女人的，你只是帮我做个测试，看我的女人到底有多爱我……"

我微笑着挂了电话，就像是姿势优美地掐断一支快要燃完的香烟。

接着，我又拨通了我另外一位领导的电话，我说："任务完成得很好，你就等着他闹离婚，等着上头任命你为新的一把手吧……我已经买好飞机票，明天我就辞职……你送给我的新房子是不是已经装修好了……"

这个时候，我收到了一条短信，是我熟悉的唐小糖的号码。

唐小糖说：爱情真的这样脆弱吗？我们的爱情真的就经不起一声叹息吗？

我没有回复。我知道，当唐小糖下次再拨通这个手机的时候，手机里一定会传出一个冷冰冰的机械的女中音——

对不起，您拨叫的用户因欠费停机，谢谢您的使用！

祝福我的情敌王小皮

王小皮和我是老同学，也是好朋友，更重要的是，王小皮还是我的情敌。

在学校的时候，王小皮和我都喜欢一个叫陈染的女同学，我是这场爱情较量中的失败者。大学毕业后，我去了郑州，王小皮和陈染留在长沙，不久，俩人就结了婚，生了孩子，这些都是几年前的事了。

半年前，王小皮突然打电话给我，他说了很多不着边际的话，但是我听着听着就明白了。王小皮是想告诉我：大家都上网了，他也要上；大家都网恋了，他也要在网络上找一个美眉做媳妇。

王小皮知道我的网络玩得很转，他的意思是想要我教他上网。我说："王小皮，你开什么玩笑！你儿子都会叫爸爸了，你还想网恋？"

王小皮一点都不像在开玩笑的样子。王小皮很认真地对我说："上大学那会儿，我还不懂什么是真正的爱情；现在终于懂了爱情，却已经结婚生子，怎么也找不着恋爱的感觉了。

——你看看，多么冠冕堂皇的理由，这还让我说什么呢？

为了帮王小皮找到恋爱的感觉，我开始教他上网，教他怎么用 QQ "吊"美眉，怎么在聊天室里踢人，怎么在 BBS 上拍别人的"板砖"……

王小皮是个聪明的男人，这一点从他的网名就可以看出来。"洞房花猪"——有点俏皮，有点幽默，还有点暧昧。有一个抢眼的名字，再加上多年练就的油嘴滑舌，没多久，王小皮就成了某个聊天室的核心人物。在他的周围团结了数以百计的网络美眉。

阿布就是在这个时候出现的。

那天晚上，王小皮正与几个美眉在聊天室不荤不素地说着话，阿布闯了进来。一进来就含情脉脉地看着王小皮，还顺手送了他一束鲜花，气得一群人都围上来表示不齿。

阿布什么也不管，仍然含情脉脉地看着王小皮，深情款款地说：在某个地方，在某个时间，我碰巧遇到了你，你碰巧遇到了我。

然后阿布又说："洞房花猪，我真的从没见过像你这么可爱的乖男人。"

　　这个评价在王小皮原本平静的心底投下了一颗石子儿。后来王小皮跟我说起这件事，王小皮解释说："女人总是很乖，但女人的潜意识里都希望男人认为她们有一点坏；男人总是很坏，但男人潜意识里都希望女人认为他们有一点乖。"

　　王小皮说的话挺有意思的，但阿布却并不是一个那么有意思的人。阿布跟这头可爱的"花猪"聊了不到半个月，到她生日那天，就撒娇似的问王小皮准备送她什么礼物，王小皮想都没想，就傻乎乎地用私房钱买了一条800元的项链寄到她指定的地址。但是，从此以后，阿布就消失了。王小皮通过114查到阿布指定地址的电话，打电话去问，接电话的人说，这里是防暴大队，根本就没有女的。

　　王小皮伤心了半个月，但他寻找真爱的决心并没有动摇。不久之后，他就给自己找到了一个非常充分的理由：只有爱情才是治疗爱情伤痛的良药。于是他决定从阿布的低谷中走出来，很快就将目光转移到了一个叫作"半个情人"的美眉身上。

　　跟阿布的温柔可爱不同，半个情人属于那种赤裸裸、火辣辣的女人。她结过婚，有过小孩，曾经为爱情遍体鳞伤。可她跟王小皮一样，坚信在这个世界上，总有一个人是只属于自己的另一半。他们就像是两条徘徊在爱情海洋里孤独的鱼，历经风浪，必然相遇。

有一段时间，王小皮不再吝啬他的电话费了。他不停地给我打电话，说他与"半个情人"之间的事，还把他们互写的情书念给我听，有时听得我眼泪都笑出来了。我说："王小皮，你大学时谈恋爱，也没这个劲头啊？"王小皮说："我很幸福，我仿佛已经真正找到爱情的感觉了。"

但幸福总是那样短暂。在网上交往一段时间之后，"半个情人"不愿再做王小皮的网络情人了，她要跟王小皮见面，前提条件是王小皮离婚，跟她同居。王小皮说："见面可以，离婚同居我还要考虑。"半个情人说："那你好好考虑吧。"说完也像阿布一样消失了。

王小皮很痛苦，王小皮又给我打电话，我说："你去找'半个情人'吧，你跟陈染离了，我娶她。"王小皮在电话里骂我不够义气。我说："你去找吧，你找得到'半个情人'，再骂我也不迟。"王小皮挂了电话，便跑到网络上到处寻找"半个情人"，找了几天也没有找到。

那个晚上，王小皮一个人喝闷酒，醉得一塌糊涂的，一边灌酒，还一边对着电话跟我吟起了诗。我记得其中有一句非常经典：生命里最悲哀的／莫过于找到了答案／却已经失去了想要答案的人……

从此以后，就没再听王小皮说网恋的事。"洞房花猪"也变成了一头沉默猪，常常躲在某个角落里，偶尔出来说一两句话，都饱含哲理。后来有一次，王小皮来郑州出差，回去以后，他给我打了一个很长的电话。

王小皮说，他出差回家，看到陈染的脖子上挂着一条项链，跟他送给阿布的一模一样。他问陈染是哪里买的。陈染说："你自己送我的，你不知道哪里买的？"他说："我送过你这个吗？"陈染说："看你还装。"就拿出一个从郑州寄过来的快递单，上面的寄件人一栏里清清楚楚地打印着王小皮的大名。

王小皮一口气说完，没容我插嘴，就开始大声地骂我是个阴谋家。刚开始，我只是嘿嘿地傻笑，后来我也对着王小皮大骂起来。我说："王小皮，你这个臭家伙，我让你娶陈染算是便宜了你。我还会让你做出对不住她的事来吗？"

王小皮听我这么一说，也跟着傻笑起来。两个男人笑了一阵，都不笑了。

我说："王小皮，祝你幸福。"然后就挂了电话。

一个单身女人的爱情味觉

方可可是一个女人，一个离过婚的单身女人。方可可说，其实离婚对一个女人来说并不可怕，可怕的是当你从法院走出来，你已经再也掩饰不住自己额头上的皱纹。

幸好方可可觉得自己还年轻，当她开着车像鱼一样穿梭在大街上，身后还是会跌落一串串男人惊艳的目光。朋友们总跟方可可开玩笑，说方可可是大家的潮流领跑者。前几年，朋友们还在为寻找工作东奔西跑，而方可可就已经找好了自己的归宿。这两年，朋友们正在为组建家庭而殚精竭虑，方可可又义无反顾地从婚姻那条小巷子里逃了出来，而且逃得远远的，从一个城市逃到了另一个城市。

不得不提一下，在方可可以往和以后的生活里，网络都是一个关键性的道具。

很多年前，乔安，那个长得帅气阳光的男生，还只是方可可的一个网友。后来乔安禁不住诱惑了，老远地从网上跑到方可可的生活里来见她，趁没人的时候偷偷地亲她的嘴巴。再后来，他大学毕业，方可可留在了学校所在的城市，乔安又老远地辞职辗转来到这里，与方可可住到了一块儿。在这段马拉松式的爱情里，方可可始终扮演着一个被动的角色。她第一次主动向乔安出击，砸过去的是一份签好自己名字的离婚协议。那个时候，乔安还窝在一家小报社继续当着小记者，方可可已经是一家合资企业的中方代表。

曾经经典的浪漫爱情就这样结束了，最终方可可离开了那个城市，她实在无法忍受那个离了婚却天天守在她单位门口、手里捧着玫瑰却神情肃穆的男人的脸孔。

离了婚，辞了职，方可可有了更多属于自己的时间和空间。但她渐渐发现，生活并没有因为逃离现有的爱情秩序而改变太大。在网络上，更多的是那种心怀叵测的男人。他们在乎的，方可可也很在乎；方可可想要的，他们却不一定能够给予。而那些愿意付出真诚的，除了"青蛙"，就是傻乎乎的毛孩子。在很长的一段时间里，方可可都游离于这些心怀鬼胎的男人、"青蛙"与傻乎乎的毛孩子之间，给予他们想要的，然后提取自己所需的，就像一场公平而简单的交易，甚至很多人都无从知道真实的姓名。

齐枫就是在这个时候从网络的深处走入了方可可那方有点空虚的心灵世界的。

　　第一次见面，齐枫还是一个大三学生，他不知所措地任由方可可摆布着他的身体。方可可忽然有点迷离，有点不知道从哪里涌出来的柔柔的触动她心弦的潮湿。接下来的日子里，方可可细细地搜寻着那个让自己心动的理由，不是他纯洁的面孔，也不是他清澈的眼神，而仅仅只是他嘴中那一股凉凉的略带着甜的味道。

　　方可可曾经问过齐枫："你吃了什么，你的嘴里有一股甜甜的味？"

　　"喉咙不舒服，这几天一直在吃着喉片呢。"齐枫露出男孩子特有的羞涩，但是敏感的他已经觉察到了方可可对这种味道的痴迷。齐枫说："如果你喜欢，以后每次与你见面前，我都含上一片。"

　　日子就在这种味道中恍恍惚惚度过了。现在回过头去看，方可可自己都记不清与齐枫有过多少次约会，但是每次约会，方可可都清楚地记得那种味道，淡淡的凉，淡淡的甜。

　　这是方可可的第二场爱情马拉松。终于等到了齐枫毕业，在她的安排下，齐枫很顺利地找到了一份称心的工作，并且将他的全部家当搬到了方可可的家中。一切都似乎是顺理成章的，在朋友们开始小心地解决着家庭争端的时候，方可可再婚了。方可可仍然继续领跑着大家的潮流，因为跟她步入婚姻殿堂的是比她整整小了十岁的齐枫！

第二次婚姻刚刚开始，方可可过了一段很开心的日子。与乔安比，齐枫有着更多的男人魅力，在家里是一位温柔体贴的丈夫，在单位是一个叱咤商场的强者。但是慢慢地，方可可又对现有的生活状态生出了一种无由的厌倦。她觉察到了齐枫对她的疏淡，他再也不会为了她的喜欢而去含一片凉凉的、甜甜的喉片。每当方可可提起那些旧事，齐枫还会一声不吭地回避着。直到那一天，齐枫向她递过来一份签上了自己名字的离婚协议，方可可才发现，在与齐枫的故事里，她扮演的恰好是乔安在与她的故事里曾经演出的角色。

方可可又离婚了。方可可又成了离婚的单身女人。方可可说，其实离婚对一个女人来说并不可怕，可怕的是当你从法院走出来，你已经再也掩饰不住自己额头上的皱纹。现在的方可可不再觉得自己依旧年轻了，虽然当她开着车像鱼一样穿梭在大街上，身后还是会跌落一串串男人惊艳的目光，但她发现，自己已经开始在意这样的目光了。

方可可一直过着单身女人的生活。许多年以后，方可可才突然记起，原来齐枫让自己着迷的确实只是那种淡淡的、凉甜的味道。而这种味道却是来自很多年以前，一个叫乔安的男生偷偷吻她时留给她的记忆。

一条红丝巾

故事开始的时候，李玉兰正走在通往城里的路上。她穿着薄薄的浅绿色衬衫和同样薄薄的白色灯笼裤，脖子上却系着一条红丝巾。这身打扮看上去很奇怪，也让走在太阳底下的她不住地流汗。汗水先是湿了李玉兰的脸，接着就湿了她的脖子，最后连背也湿了。

李玉兰懒得关心身上的汗水，她关心的是我的二叔李四军。两年前，我的二叔带着一个外乡女子从深圳回来，一回来就跑到城里买房子，张罗装修，忙着结婚，他好像忘了这个世界上还有一个叫李玉兰的女人。李玉兰默默地看着这一切，她很清醒地知道，这一切本来就不属于她。

不过后来事情发生了一些变化：李四军的妻子，也就是我的二婶，在婚后第二年跑了，卷走了家里所有值钱的东西。这个时候，李四军才想起了李玉兰，他给李玉兰打电话："李玉兰，很久不见了，李玉兰，你到城里来找我吧。"

李玉兰曾经到过城里好几次，每次她都站在李四军家的铁门口，她希望李四军刚好走下楼来，打开铁门就可以看见她，可每次她都只站一小会儿就走开了。

现在，李玉兰终于心安理得地走进了这栋大楼里，她跟在李四军后面，一步一步走进了李四军家中。李四军说："李玉兰，你要是愿意，我介绍你到招待所里做事吧。"李玉兰什么也没说，因为年纪的缘故，她的身材已经显出了不易察觉的胖，但这一点也不影响她肤色的姣好，当她的脸红起来的时候，还是像她脖子上的丝巾一样娇艳。

很多人都说李玉兰细皮嫩肉的，长得像城里人，在李四军的介绍下，李玉兰终于顺理成章地当了几天城里人。可是才过了几天，李四军就来找她了。李四军很直接地跟她说："李玉兰，我把你介绍到城里来工作是有条件的，李玉兰，你也知道，我们结婚是不可能的事情，李玉兰，我把你介绍到招待所工作，你要跟我睡觉。"

李玉兰没有同意，我不知道李玉兰为什么不同意跟李四军睡觉，可能李玉兰自己也说不清为什么，反正李玉兰拒绝了李四军的要求，而且不久之后就回了乡下。她不知道，在我们乡下，她去城里找李四军的事情已经被传得沸沸扬扬了。我们都不知道李玉兰去城里找李四军做了什么，但我们都有着丰富的想象力。哪怕每个人的想象只有一片叶子那么大，等李玉兰重新回到乡下短短几天，这棵树也早已经郁郁葱葱了。所以李玉兰刚刚回来，就遭到了各种谴责与谩骂，甚至包括我爹也是这种态度。我爹是个脾气非常好的人，连他这样脾气好的人也堵在李玉兰的门口，跟李玉兰说："你不要脸，我们还要脸呢，你到底还想害多少人才甘心？"

我明白我爹这句话的意思。十年前，当我还只有十岁的时候，我听到我爹跟李玉兰说过一句类似的话。那个时候，李玉兰还是我的大婶。

很多年以后，我几乎忘记了我十岁那年发生的绝大部分事情，却一直清晰地记得那个晚上。那个晚上，我的大婶李玉兰与二叔李四军意外地出现在了我家的门口，李四军首先发现了异常，他看到我家的大门边上贴着一副挽联，然后进门又看到了我大叔的遗像挂在堂屋的正中央。当时他双腿一软跪到了地上，紧接着，李玉兰也像一摊稀泥一样抹在了地上。到现在我都不知道为什么最终他们选择了回家，但是在一个月前，当他们策划这一场私奔的时候，他们一定没有想到眼前的后果。

有两个问题一直让我感到很困惑。我的大叔长得高高大大的，当时娶了我们村子里最漂亮的女人，为什么结婚还不到一个月，这个女人就跟着别人——自己的弟弟跑了？还有一点，就为了这么点事，我的大叔，一个大男人，最后竟然选择了一种极端的方式来结束自己的生命：他将自己的胃灌满了敌敌畏，什么话都没说就走了。这两个问题折磨了我很久，直到很多年后，无意间听到了关于我大叔的一些闲言碎语，我才恍然大悟。

还是回到十年前的那个晚上，我爹声色俱厉地问李四军与李玉兰怎么处理这件事，这是我第一次看到我爹发这么大的火。李玉兰好像已经平静下来了，她说："我们结婚。"就是听到这句话，我爹说出了一句从我知事以来听过最难听的话："你这个臭不要脸的婊子，你是不是害一个还不够，还想害第二个？"然后几个人都沉默了。第二天早上，我二叔突然消失了，他一声不吭就去了深圳——这是两年以后，从他写给我爹的一封长信里得知的。

李玉兰回到乡下后的日子并不好过，过去她那些并不十分光彩的事情又一次被人提起。经常会有人戳着她的背骂："害人精、破鞋、偷人婆！"连小孩子也一见她就吐唾沫。

所以后来，李玉兰不得不再一次回到城里。她没有去找李四军，她直接就找到了招待所的经理。她说："我今年二十六，我长得有几分姿色，我还可以做很多的事情。"李玉兰确实长得很水灵，即使她少报几岁年龄也看不出来，这些就足以让招待所的经理动心。在那个时候，想找一个什么也愿意做的而且年龄比较小的女人，实在不像现在这么容易。

想必你也猜到了，李玉兰做着的是一件什么样的事情，所以她的名声在我们乡下越传越臭了。可是有件事情让我迷惑不解，有人告诉我，有时我那个不争气的二叔还会跑到招待所去找李玉兰，李玉兰居然很不客气地把他轰了出来，她的态度是那样旗帜鲜明，她说："我就是个破鞋，其他男人谁愿意要，我就给谁，可我就是不给你！"

说这句话的时候，李玉兰一定还清楚地记得她那次进城时的模样，她穿着薄薄的浅绿色衬衫和同样薄薄的白色灯笼裤，脖子上却系着一条红丝巾。

那条红丝巾是我的二叔，也就是李四军和她一起私奔的日子里，送给她的唯一礼物。

纪念日

她的纪念日

10月1日　初恋

大多数女人都会对初恋保持最美好的印象。她也是这样。记忆中那个高瘦风趣的数学老师几乎占据了她中学时代所有的梦想。她的怀念总是从每年的10月1日开始，这个善良的老师曾经在无意间承诺要陪她度过大学后的第一个国庆长假。到了那天，她在校门口徘徊了很久，最后还是突然决定马上回家。从此没再相见，每年的这一天，她都会产生一种想去学校找他的隐秘冲动，但她从来没有付诸过行动。

12月25日　出轨

每年的圣诞节他都要出差。他不应该出差的，就算他出差了，至少也应该打个电话回来。但是没有。而跟她同一个科室的科长，人长得潇潇洒洒的，他不仅给她送花，送完花还请她吃饭，吃完饭还请她看电影，看完电影还请她喝咖啡，喝完咖啡还送她回家，送她回家后，他还留下来和她一块儿共度平安夜。很多年来，她和她的科长一直坚持着这种充满冒险色彩的游戏。虽然知道不会有结果，但她还是不能自拔。

他的纪念日

9 月 18 日　生日

他从来没有忘记过她的生日，而且变着法送她生日礼物。她曾经问他怎么每次都记得比她还清楚。他说是因为爱。其实这只是一部分原因。十多年前，那时他们才刚刚恋爱，他在她生日那天送了她一盒 CHANEL 香水，她便把自己彻彻底底地交给了他。很多年来，他一直保持着这个习惯，每次快到她的生日，他都能隐隐约约感觉到那份慌乱的甜蜜，犹如一场胜券在握的小小战役。

12 月 25 日　私奔

每年 12 月 25 日到 31 日，他所在的系统都有技术方面的年会，每年都换不同的城市，每次他都迫不及待地向领导请愿要求参加。不约而同地，在另外一个城市，也有一个跟他有着同样心情的女人。她是他的大学同学，她曾经爱慕他，她曾经偷偷地给他写过情书，但他委婉地拒绝了她。现在，他们都已经有了各自的家庭，他们心照不宣地把这一周看作一场幻想中的私奔。

被遗忘的纪念日

8月25日　初见

他和她第一次见面是在他一个同学的生日舞会上。其他人都是一对一对的，只剩下他俩单身，于是很自然地就组合到了一块儿。他假装自己不太会跳舞，时不时地踩到她的脚尖，踩得她尖叫不断。刚开始是出于恶作剧式的玩笑，后来就成为请她吃饭和跟她交往的借口。他一直保守着这个秘密。结婚后，有一次他跟她说起这件事。她不信，她说："看你这么笨，你不会跳舞就算了，还说自己是假装的，就你死要面子！"

7月8日　结婚

她喜欢跟他玩猜谜的游戏。有一次她问他："你知道十天后是什么日子？"他猜了许多，猜了她最崇拜的刘德华来他们城市开演唱会，猜了她一直在念叨的要跟他一块儿去马来西亚旅游，猜了她老是埋怨他不记得她父母的生日，还猜了她涨工资升职……都不是，她有些失落地说："你都忘了，是我们的结婚纪念日。"他说："我还以为是什么呢，我们好像没有过结婚纪念日的习惯吧？"

相关的纪念日

12 月 26 日　灾难

很多人都不会忘记这一场灾难。很多的情侣都喜欢一块儿去拜祭一座碑。这座碑上刻着这样一行字：2004 年 12 月 26 日——纪念一对死于海难的痴情夫妇。这对夫妇死于马来西亚那一场百年难遇的大海啸。尸体被发现的时候，他们的双臂紧紧地抱在一起，怎么也分不开。于是当地人们便把他们合葬在一起。没有人知道他们来自哪里，没有人知道他们叫什么，也没有人知道他们已经商量好了，一起旅游，一起完成一个由来已久的共同心愿，然后一起回家，一起办理离婚手续。

12 月 21 日　消失

他和她都是突然消失的。而且消失的时间都是 12 月 21 日。在此之前，没有人觉得他们有什么异常。他和她都跟单位的领导请假一周，具体的请假原因在最后都被证实是谎言。等到家人、同事与朋友们意识到可能出事的时候，他们已经只能粗略地推算出他和她消失的最后时间。他们都没有过度悲伤，因为他们没有确认他和她已经遇难，而且，虽然两人消失的时间很短，但过程却很长，长得有足够的时间来冲淡他和她的消失本来应该带来的悲伤。

鸡蛋经营的爱情

结婚十年，女人发现男人有了外遇。

女人做事从来都不露声色，她没有马上打他手机，也没有一个人生闷气，更没有准备大吵一场，她尽量让自己的心平静下来，独自倚在窗前等他回家。

男人后半夜才回来，带着一身酒气，跌跌撞撞地走进卧室，头一歪就倒在了床上。女人心底的厌恶像野草一样漫山遍野地长了出来，突然，眼前这个跟她生活了十几年的男人让他感觉有些陌生。但她还是耐心地把他的衣服扒下来，再脱掉鞋袜，帮他盖好被子。做完这些，汗水爬满了她的脑门儿，而男人已经伴着轻微的鼾声，不知道进入了谁的梦乡。

女人叹了一口气，她打开男人的手机，短消息与通话记录都看不出什么异常；她又打开了男人的公文包，除了一沓钱，"离婚协议书"几个大字猛地烫伤了她的眼睛。她的心往下一沉，眼泪吧嗒吧嗒地掉到了地上。

这一晚，女人没有合眼。天刚蒙蒙亮她就起床了，她想了一晚上，决定好好给他做一顿早餐。

男人也起床了，洗脸、漱口、刮胡须，一切都井井有条。收拾好了，男人走到餐桌前，他一下愣住了。女人异常安静地坐在那儿，一桌子摆的都是鸡蛋，炒的、煎的、荷包蛋、蛋花儿汤，他座位前的小碗里还放了一个冒着热气的茶叶蛋。

男人望着近乎"奢侈"的早餐，有点迟疑地坐了下来。他刚想开口问："今天……"女人打断了他："好久没有给你做茶叶蛋了。"

男人望着她，似乎察觉出了什么，满怀歉意地笑了笑。

女人继续说："还记得上高中的时候，我天天给你送茶叶蛋的事吗？"

男人一边剥着鸡蛋壳，一边说："记得，我从乡下到省城上中学，为了省钱，从来都不吃早餐，可每天一到教室，课桌里老是放着一个已经煮好的茶叶蛋。"

"那是我妈给我煮的。她不知道我送给你吃了。"

男人笑了："那时候我真的是笨。我们是好朋友，但我从来都没想过鸡蛋会是你送的。有好几次，我特意一大早就起床，躲在教室门外，想看看那个给我送鸡蛋的人到底是谁。有一次我还堵上你了，你远远地瞅见我，拔腿就跑。

那时你跑得比兔子还快，我哪里跑得过你呢……"

女人也笑了："你真笨。你偷偷跟我说，有人每天给你送鸡蛋，你还让我帮你查这个人是谁。我心里觉得好笑，你让我怎么帮你呢？"

男人像是又回到了过去的少年时光："但，最后，你还是告诉我了。"

女人有点不好意思起来："我哪想到你会笨成那样。有一次你又来央求我帮你查那个人是谁。我告诉你，每天她都是还没上课就打开教室门，然后将鸡蛋放到你的课桌里，你要查出这个人是谁，只要去问老师谁有班里的钥匙就行了。"

男人又笑了："那天我傻乎乎地去问老师。老师说，她有一把钥匙，还有一把在你手里。你是老师的女儿，又是班长，每天你都会赶早去给寄宿的同学们开门。当时我头一下蒙了，我什么也没说，扭头就跑。你妈惊讶地在我身后叫我，我也没理她。"

说着，男人又笑了。女人也跟着笑，可是笑着笑着，女人突然趴在桌子上哭了起来。

男人沉吟着："你……你都知道了？"

女人控制住自己的情绪，说："没有，我什么也不知道。我只是想起了过去那些事情。我们吃早餐，一会儿都要上班了。"

接下来，两个人都沉默了。这顿早餐就在这种沉默中被拉得很长很长。

男人该去上班了，女人忐忑不安地在厨房拾掇着吃剩下来的早餐。

临出门前，男人悄悄地撕碎《离婚协议书》，轻轻地跟女人说："剩下的鸡蛋早餐，明天我们一块儿接着吃吧……"

当然，这样的结局很完美，也很善意，但是真实的情况并非这样——

男人该去上班了，女人忐忑不安地在厨房拾掇着吃剩下来的早餐。

门吱呀一声，男人出去了。

女人神经质地转过身，她看到了留在桌上的《离婚协议书》，一式三份。男人已经签好了名字，字迹有些潦草，显然是临出门前匆匆写下来的。

女人手里拿着的那个装煎蛋的盘子失手掉在地上，摔得粉碎……

这才是真实得有点让人绝望的结局。但是你不得不相信这才是事实的真相，因为这个女人是我三姨。到今年，我三姨已经离婚四年。这四年里，她再也没有做过、也再也没有吃过鸡蛋，甚至连见到鸡蛋，她都会忍不住犯恶心。

患者

"这些年来，我就像是在做着一个永远没有结局的噩梦。"

这个男人在门口徘徊了很久，最后终于下定决心走了进来。他说他在一家精神病院做后勤，管病人们的吃喝拉撒。工作谈不上体面，收入还算可观。

"但我越来越厌恶这份工作。二十多年了，我受够了。整个医院似乎只有我一个人是正常的。包括那些医生，一个个眼神都怪怪的。在他们眼里，似乎所有人都是精神病患者。"他看上去有些激动，"我曾目睹过一群病人将另外一个病人吊死在宿舍的横梁上。他们说屋子里太暗，需要挂一个灯笼。我不敢近前，甚至忘了报警，我怕他们将我也挂到横梁上去……"说着，他像是突然受到什么刺激，身体哆嗦一下，手颤抖着抽出一支烟，屋子里顿时烟雾缭绕起来。

我讨厌别人在我面前抽烟，但我是个有修养的人。"如果条件允许，您可以另外换一份工作的……"

"刚开始是因为生活所迫，我一家人的开支都要靠我这份薪水。"他猛抽了几口烟，心情逐渐平静下来，"后来儿子出生，太太下岗……再后来，父亲生病做手术，儿子要考大学，我得存钱在郊区买套小房子……"他说了很多，对我几乎毫无保留，他甚至说到了他的外遇，他跟一个比他小六七岁的女人偷偷相好。"这一切都需要钱，说起来，我还得感谢有这份稳定的收入。"

我发现我越来越享受这种谈话的过程。这个男人显然有些啰里啰唆，也许他太需要有一个人能这么安静地听他倾诉了。而我呢，也太需要有一个人——就像他这样啰里啰唆的男人或女人，坐在我对面的椅子上，向我讲述他藏在心底的忧伤、痛苦或者不幸了。"再后来呢？"我知道这不是故事的结局，甚至连高潮都还没有开始。

"再后来，大概半年前吧，我终于申请辞职了。医院领导挽留我，他们对失去一个老实本分、工作勤奋的员工感到很惋惜。"说到这里，他看着我，眼睛里闪现出一刹那的光，就像一个在暗夜里四处奔跑的人点燃了最后的那根火柴。"我试着开了一间小饭店，这样，我太太就不用再四处碰壁去找工作，而我儿子也可以安心继续他的学业……"他一边说着，一边又点燃了一支烟。

"对您来说，这也是自我解脱的一种方式吧。"我捏了捏鼻子，尽量让自己习惯这香烟味带来的不适。

"后来我发现了一些问题。"他打了个哈欠，继续说，"每天都有很多人光顾我的店，他们中的一部分跟我在精神病院里看到的病人没有什么两样。他们对饭菜的要求是那么挑剔，还经常对服务员发脾气。他们耍起酒疯来跟精神病人一样可怕，我曾亲眼见到一个人，大叫着'我给大家表演一个开西瓜'，然后拿起喝剩的啤酒瓶往他上司的脑袋上砸……"

"真碰上这种倒霉事，您可以报警的。"我提醒他。

他低下头，像是陷入了思考，又好像经历了一番思想斗争。"最让我困惑的不是这些。也许我在医院待太久了，思维变得有些奇怪。比方说吧，有顾客点菜点到水煮活鱼，我会一个劲儿地想他该不会跟我要渔竿钓鱼吧……再比方说，有顾客多要一个小饭碗，我便开始担心他趁我不注意时将碗砸碎；而当我离开餐桌，我会不停地回头，我害怕他们会在我背后朝我吐口水……"

"哦，是这样……"我沉吟着，"或许您可以将饭店盘掉，或者让您太太一个人经营。您还是回到精神病院去，继续之前的工作。相信有了这次的开店经历之后，您会更加珍惜原来的工作。"

　　"其实我已经跟院长打过电话，他说欢迎我回去。但我不敢对我太太说，我担心她会骂我不正常。"他长吁一口气，像是卸下一个很重的包袱，"不过现在，你的建议让我全身充满了力量。"

　　在又一番发自肺腑的感谢之后，这个男人满意地离开了。房间里的烟味逐渐变得稀薄起来，我发呆似的看着对面那张空着的椅子，又一次陷入了无边的空虚与等待。哦，对了，差点儿忘了告诉你，我叫秦俑，我在S城的海豚路12号开了这家"心灵花园"心理咨询室，如果你在学习、生活或者工作中遇到了心理方面的困惑，欢迎前来咨询。

医者

现在我到了 B 城，是离我们 S 城很近的一座城市（确切地说，不堵车的话，大概半小时的距离）。我有很多理由喜欢这座城市，在这里，不管白天、黑夜，我都可以做很多在 S 城不敢做或者不方便做的事情。

比如现在，我就大大方方地走进了一家叫作"心灵港湾"的心理咨询室。我遇到了一些心理方面的困惑，需要寻求帮助。如果在 S 城，我可能会畏畏缩缩，躲躲藏藏，但一到 B 城，我就会变得晏然自若，无所顾忌。因为在这里，没人知道我是谁，也没人知道我的职业，更不会有人像绿头苍蝇一样对我狗屎般的私生活充满兴趣。

时间就是金钱。这是一个连小学生都懂的非常浅显的道理，我当然有信心比他们理解得更加深刻。看着对面坐着的这位与我年龄相仿的心理咨询师，我并没有给他太多拖延时间的机会，甚至连互相介绍的环节都直接跳过。说实话，我对自己这段开门见山式的质询还是挺满意的。很显然，这是一次有组织、有策划的咨询体验。

"我想知道你是不是也有这样的感觉：某一段时间，这段时间的来临没有任何的预兆，也找不出什么因由，更无从摸索它出现的规律，反正有这么一段时间，你会感觉自己思想的某个方面出了毛病……"

"我想了解你具体的一些表现。"

"譬如说，上班的时候，我不知道是坐着好还是站着好，所以很多时候只有看着一个地方发呆。再譬如说，我会莫名地害怕安静，害怕一个人，总期待有人跟我说说话，说什么并不重要，最好能絮絮叨叨地说个不停。"看他没有反应，我接着说，"还有，我习惯戴着灰色的眼镜去看待这个世界，习惯对着镜子自言自语……"

"你是不是不相信童话，不喜欢周星驰的电影，不习惯哈哈大笑，不愿意听到朋友和家人说高兴的事情，也从不与别人分享自己的快乐，看到有人遭遇不幸会感觉漠然……"他终于接话了。这让我感到了稍许的满意。他应该知道，我正在接受的是付费服务，这本来就是他应该履行的职责。

"是的。有时会这样。"我对他所列出的症状感到很吃惊，这里是 B 城，我没有必要掩饰我的惊讶，"哇！怎么这么准！难道你也这样？"

"是不是到症状严重时，会间歇性地感觉自己的脑袋里面一片空白，什么也想不起来，就像患了短暂的失忆症一样……"他没有直接回答我的问题。

"等清醒过来，又会走向另一个极端，觉得生活没有意义，性格狂躁，容易发火，无缘无故地想砸东西。"我接话的时候，脸一定是绷着的。我相信每个人说到自己的痛处时，都会有这样类似的表情。

"有人需要倾听者，他们希望有人听他们说话，帮他们答疑解惑；同样地，也有人需要倾诉者，他们愿意聆听，用耳朵去刺探别人隐秘的生活。"他的某根神经似乎被彻底激活，思维变得异常敏捷起来。

"就好像病人需要医生，医生同样也需要病人。"我也好像开始找到感觉，不禁对自己能随口说出这么精辟、这么富于哲理的话而感到欣慰。

"如果我猜得没错，你我是同行。"他微笑地看着我。

"是的。咱俩有缘。在 S 城，我也开了一家心理咨询室，名字叫'心灵花园'，跟你的'心灵港湾'就像是一对孪生兄弟。"说着，我自己先忍不住笑出声来。

接下来，我们聊天的角色悄悄地发生了转变，他不再是医者，我也不再是患者。我们都是医者，或者说，我们都是患者。我们促膝而谈，几乎忘了时间，聊天过程和相关内容在这里就没有必要公开了。但是，我可以告诉你们结果。

第一个结果，我们成了好朋友。这并不奇怪，我们有交朋友的基础，而且不在同一个城市。如果我们没有将业务扩张到邻近城市的打算，就不会存在竞争冲突。

第二个结果，我们签订了一项口头的君子协定：在生意冷清的时候，在我们即将出现以上枚列的种种症状之前，我可以邀请他来我们 S 城，他也可以打电话让我到 B 城来，双方无条件同意为对方临时客串一回寻求咨询的心理障碍患者。这是在 2010 年春天快要来临的时候，两名分别来自 S 城和 B 城的心理咨询师之间的秘密约定。

孤独

"心灵花园"心理咨询室开张第七天，终于迎来了它的第一位女主顾。

她提前一天打了预约电话，第二天我去上班，远远地就看到她已经等在了咨询室的门口。老年人嘛，精神好，生命的后三十年睡不着。是的，她是一位看上去五十开外、实际已经年届七旬的老妇人（这多少有些令人沮丧）。不过她不是一个人来的，在她的身后，一、二、三，没错，竟然跟了三只宠物狗。这不免让人心生好奇，如果狗狗们也有心理疾病（我相信某些狗狗一定会有，只是它们不太擅长倾诉），那我一大早就要接待四位顾客了。想到这里，我的心情就像那天早晨的阳光一样灿烂起来。

"我很孤独。"她果然属于让我头疼的那类顾客。他们有着一个致命的特点：话很少，很少很少，少到每次张嘴都只有几个字。

"您有几个孩子？"

"三个。"

"都不在您身边吗？"

"在，这不都跟着我呢。"她指了指她身边乖乖躺着的三条狗狗。

"不好意思，我是问您有没有子女？"

"三个。"

"他们在不在您的身边？"

"不在。"

"都在哪儿？"

"大儿子在美国加州，二女儿在法国巴黎，三儿子在日本东京读博士。"她是一口气说完的，绝对看不出有丝毫阿尔兹海默病的症状。

"看来您挺有福气，儿女都这么有出息。我想您应该不缺钱？"

"不缺。"

"建议您可以请个保姆。"

"有请的。"

"您孤独的时候，可以和保姆聊聊天。"

"还不如和费费说说话呢。"

"费费是谁？"

她没有说话，用手指了指身边那条黑耳朵、白身子的狗，它看上去像纯种的牧羊犬，估计价格不菲。

"那么，您为什么会觉得孤独？"

"没人在乎我的存在。"

"您的三个儿女不经常跟您联系吗？"

"偶尔。"

"至少您家保姆会关心您。"

"她只关心自己的工资。"

"您有没有朋友？"

她愣了一下，目光又温柔地落到了旁边的狗狗上。"有的，三个。"用不着问了，她说的肯定又是那三条宠物狗！

"介意我问您原来是做什么工作的吗？"

"医生。"

"您有没有什么业余爱好？"

"没有。"

"您对什么比较感兴趣？例如书法、唱歌、跳舞、摄影……"

"兴趣都不大。"

"建议您可以去老年人活动中心，一来可以交一些朋友……"

"没意思。"她直接打断我的话。想想也是，如果这些可以缓解她的孤独，她还用得着一大早牵着三只狗狗来找我吗？

"晚上您一般都干啥？"我试着转换一下思路，继续问。

"看芒果卫视的《晚间新闻》。"

"除了这个呢？"

"只看这个。"

"您对港台或者是韩国的电视剧有没有兴趣？推荐您看看《大长今》……"

"没意思。"

"那您觉得《晚间新闻》有什么意思？"

"都是些稀奇古怪的事。"

"什么稀奇古怪的事？"

"有个地方长了棵野生的人形树，有户人家进了条三尺长的大蟒蛇，有女人一胎生下六个男孩……"

我饶有兴趣地听着她一口气列了不下二十种。以我曾经做过媒体记者的"专业"眼光来看，这些确实都符合新闻的"吸引力法则"，都有足够的"爆点"。

"或许，我可以给您一条建议。"我说，"不过这需要您的配合。"

"没问题。"她干脆地回答，真的让我怀疑眼前坐着的是不是一位年届古稀的老婆婆。

这次心理咨询到此就基本结束了。你一定很好奇我给了她一条怎样的建议。不用我说，如果你是芒果卫视《晚间新闻》的忠实观众，说不定你已经看到了这则新闻：七旬"空巢"老太欲跳楼，只为孤独难受想不开。

偷偷告诉你吧，其实我就是这次"老太跳楼秀"的幕后策划者。说起来，这次的策划效果还不错呢。三个月后，这位老太太给我打过一次电话。她说："谢谢你的主意，现在街坊邻居看到我都变得热情起来，我家老三也特意从东京请假回家，陪了我一个多月哩。过一段时间，我能不能再去找你咨询咨询……"

鲜花

这是"心灵花园"心理咨询室接到的一笔特殊的外单业务。顾客以电话方式预约，来电显示是外地号码，预约时间为周五下午4点，并且没有留下姓名、住址或联系方式，只告诉我说对方是一位中年女性，到时间会有车过来接我。

周五下午3点半的时候，车子来了。一个墨镜男翻了翻我的相关资料，然后让我签署他带过来的《保密协议》。协议约定：如果由于乙方（咨询师）原因造成甲方信息泄露，要被追加不少于100万元的名誉赔偿。为客户保密本来就是心理咨询师应尽的责任和义务，但这个100万元的数字还是不免让我内心忐忑。接下来，车子径直开到了S市唯一的五星级宾馆。一路上，我都在心里嘀咕着，这个神秘女子到底是何等人物呢？

墨镜男和司机相继回避，豪华套房里只剩下她和我。她坐在屏风后面，脸是看不到的。我先做了自我介绍，她小心地回应着，很快便切入了正题。她说："我发现自己可能不太习惯现在的生活，虽然这是过去我非常渴望的。"

"过去怎样？现在又怎样？"我有些奇怪，因为她的声音猛一听竟有些耳熟。

"以前……"她沉吟着，"怎么说呢，有很多人会关注我，经常会冒出这样那样的莫名传闻，要与各种喜欢不喜欢的人打交道，要出席各类想去不想去的活动……每天都化不同的妆容，扮相同的笑脸，从不敢光明正大地出门，逛商场也跟做贼似的，连陪亲人、会朋友都要小心翼翼……"

"如果这是您的职业需要，也挺正常的。"我掩饰住内心的好奇，脑海里飞速地运转着：她是演员？歌手？名导演？主持人？奥运冠军？网络红人？……

"我几乎没有自由，也无所谓个人隐私，那时的我只想拥有一方属于自己的空间。但是现在，我开始怀念那些光怪陆离的日子，那些鲜花和掌声，那些尖叫和呐喊，甚至那些令人反胃的绯闻……我厌恶它们，但又需要它们，失去这些，我的心里会变得空荡荡的……"她幽幽地叹了口气，仿佛久久地沉浸于过往的回忆里。

"我觉得您可能需要接受定期的心理辅导。"我肯定曾经听到过她的声音，而且越听越熟悉。

"我的团队本来有一位专职的心理辅导师，不过这一段时间他请了假。不瞒你说，我患有严重的抑郁症，一度好几个月都没法儿正常工作。"她像是喝了一口水，接着说，"我知道你也帮不了我，我就是想有一个不相干的人和我说说话，这样会让我在工作之前变得轻松一点。"

"如果这份工作确实影响到您的健康，为什么不考虑放弃呢？"我尽量让自己不去揣测这个熟悉的声音到底是谁，要知道，现在我是一名正在工作中的心理咨询师。

"我想过，但我得顾及自己的团队，而且，你可能体会不到那种站在舞台上，像是要飞起来的感觉——是你们吗？你们的尖叫在哪里？"她突然用甜甜的带有港台腔调的话向我模拟起了在舞台上与观众的互动。

"你是……"我差点儿就叫出了她的名字！这句招牌式的问好让我的心怦怦直跳，我完全忘了自己的身份，"真的是你吗？我可是你的铁杆崇拜者！"

"对不起，你可能认错人了。"她显然没有想到我会有这样的举动。

"一定是你，我听得出你的声音。"我兴奋地说，"我从小就喜欢听你的歌，你一直都是我的偶像，而且，我去听过你的现场，还珍藏着一张有你签名的CD……"我激动起来，甚至说出了她的成名作品，是一首在十多年前非常流行的老歌。

"你真的认错人了。"她慌乱地说，"我们的谈话到此结束吧。"

我几乎是被那个墨镜男从房间里架出来的。我承认，当时我肯定很失态。虽然我是一个非常称职的粉丝，但我算不上是一名合格的，至少算不上是一名优秀的心理咨询师。

不过，第二天上午，我意外地收到了一束鲜花，送花的小女孩告诉我，是住在五星级宾馆的一位女客人让她送的，说要向我表示感谢。而当天《S市晚报》娱乐版一条不起眼的消息也证实了我的猜测：就是她，她受邀到S市一个比较有名的酒吧友情演出。据说那天到场的观众并不是太多，但她唱得特别用心。

祖母的一生

接到父亲的电话，我的心就慌了起来。

父亲说："抽空回家看看你祖母吧，她想你了。"父亲说得淡然，而且再三解释没事，但我还是听出了他声音里隐隐的伤感。

连夜慌慌地从省城赶回家，果然就出事了。两年前，祖母开始出现轻微的记忆障碍。近来越发严重，到昨天竟然连父亲也认不出来了。二叔二婶一家已先我回去。我们围坐在祖母身边，她一个一个看过去，恍若陌生。

母亲躲在一边抹着泪，感叹着祖母一生的不幸。

祖母的一生经历过各种的苦难：她八岁丧母，十七岁丧父，二十岁嫁给祖父，刚过三十岁便守了寡。含辛茹苦一辈子，本该安享晚年，却在五十四岁时视力衰退，最后几近失明。现如今又失去记忆，连自己的亲人也认不出。

医生建议，多带老人去去以前常去的地方，跟老人讲讲过去的事情，这样有助于恢复记忆。我从小跟祖母一起生活，与她感情最深，这个任务自然落到我的身上。

于是我向单位请了一周假。

第一天，我给祖母讲一些童年的趣事，祖母听得很认真。

第二天，我带祖母去白鹤寺。祖母一生信佛，视力下降前，每个月都会去这个寺院烧香诵经。我像小时候一样，陪着祖母跪在佛像前，默默为她祈祷。

第三天，我将芸豆大娘请回家。芸豆大娘自嫁到我们村，便与祖母交好，两人好了大半辈子。她跟祖母讲过去的辛酸事，讲得自己眼泪直流。祖母不停地安慰她，就像在听别人的故事。

第四天，我陪祖母睡觉，给她抓背。有十多年没有与祖母一起睡觉了吧。以前一到冬天，我就会钻进祖母的被窝，央求她给我抓背。这个习惯，我一直保持到现在。那是我第一次主动给祖母抓背，抓着抓着，她就像个孩子一样发出了轻微的鼾声。

第五天，我扶着祖母重走通往县城的火车道。我是一个难产儿，母亲生下我后，在医院住了一个月。为了给母亲送饭，每天祖母要在这条火车道上走两个来回，一个月下来，竟磨破两双布鞋。这么些年过去，这条火车道早已废弃，长满野草。祖母也真的老了，走不到三分之一，就坐在火车道旁的石头上直喘气。

第六天，我提议给祖母洗头。祖母是个极爱干净的人，不管天气冷暖，每周必定用温水洗头两次。以前我经常给祖母洗头梳头，有时梳着梳着，祖母就禁不住地伤心，她头上的白发渐渐地多了起来。开始时还让我一根一根找出来，然后连根拔掉，后来越拔越多，就只能染黑了。那天帮祖母染完头发，我看到她的脸上又浮现了久违的笑容。

第七天，我有些灰心，便订了回省城的火车票。临走前整理自己的房间，我看到了一台旧电扇。这让我想起一些往事，便拖了电扇去修。修电器的师傅拆开看了看，说："能修，但犯不着，还不如买个新的。"

我说："修吧，出多少钱我都愿意。"

电扇修好了，放在祖母床头，像个古董一样，噪声有点大，风还是很凉爽。我坐在祖母床前，说了一段久远的故事。

1986年，那年夏天特别炎热。二叔结婚，二婶家随过来两台电器：一台"凯歌"牌收录机，另一台就是这台电扇。全钢结构的，是我们村里第一台落地扇。二叔二婶自然宝贝得不得了，自己不舍得用，就将电扇孝敬给祖母。祖母也舍不得用，便偷偷挪到我房间。那年我刚好中考，学习压力很大，晚上热得睡不着。我懂事早，知道家里条件不好，为了省电，我也舍不得开电扇。但每每半夜我从梦中醒来，发现电扇都是开着的。我知道，一定是祖母过来瞧过我了，她最关心我的学习。好在我不负众望，以全县第二的成绩考上了县城一中。

故事讲完了。

祖母盯着我看了半天，哆嗦着手将电扇关了，然后叫出了我的名字。

隔天我便回了省城，好消息一个个传过来。祖母开始认人了，祖母开始记事了。不过有些奇怪，她能向人清晰地描述外曾祖母的样子，却忘了自己母亲是哪一年过世的；她会经常跟我母亲讲述她和祖父在一起的温馨甜蜜，却不相信祖父曾经也酗酒成性；她能想起堂哥结婚、我上大学摆酒席时的热闹情景，却不记得和父亲、二叔一起挨饿的日子……

就像一个童话。祖母的记忆"恢复"了，但她只记得生命中曾经的美好，而那些灰暗的、悲伤的、让人遗憾的记忆就像被格式化了一样，永远地从她的脑海中消失了。

两个月后，祖母离开了我们。她在睡觉时突发心脏病，等父亲察觉时，她已经说不出话来。父亲说，祖母走的时候，神态安详，脸上带着微笑，就像正在做着一场永远不会醒来的梦。

这是好多年前的事了，至今我还会经常梦到祖母。有时候想想，祖母的一生是不幸的，也是幸运的。她八岁丧母，但她有一个非常疼她的父亲。她十七岁丧父，但三年后遇上了一段最美的爱情。她婚后十年守寡，但上天给她留下了一对孝顺的儿子。她五十四岁时双目几近失明，但这个温馨和睦的家给了她一生的光明。她六十二岁时开始饱受失忆之苦，但在她生命的最后两个月，她又找回了那些美好的回忆。

这就是祖母的故事。她哭着来到这个世界，却带着微笑离开了。

听我讲两段关于春运的故事

一

春节前夕，我四叔请了一天假，这天，他特意起了个大早，要赶早班车去火车站排队买票。

四叔走后，四婶的心就没再安宁过。她心不在焉地吃早餐，进车间，中午到工厂食堂草草吃完饭，又进了车间……整整一天，她都魂不守舍，像机器人一样干着活。下班后，她慌慌张张赶回小出租屋里。四叔还没有回来。

那是 1997 年的广州，冬天的空气中隐藏着一丝寒意。

过了晚饭时间，四叔坐公交车回来了。"票买到了吗？"看到四叔一脸疲惫地点着头，四婶的心总算是落了地。

"不过，两张票不在同一车次。你先一天走，我后一天走。"四叔细声细气地说。

"能回家就好。"四婶说，"都两年没回去了，明堂都快上小学了。"

明堂是四叔四婶唯一的儿子，那一年，他六岁。

二

时间仿佛拉长了，变慢了。

工厂放了假，工友们陆陆续续地离开，带着一年的欣喜与忧伤。

四叔送四婶去火车站。四婶一个人先走，四叔有点不放心。

"你的票是有座的，这一小包行李你带着。我是站票，到时看能找地方蹲着不……"

"银行卡放在你大衣内袋里，下了车站，外边就是银行……"

"在车上要注意安全，别挤着踩着，睡觉别睡太沉了……"

"上车下车包要拿好，水和方便面放到手提袋里……"

四叔一遍又一遍叮咛着。

"一会儿没公交车了，你赶紧回厂里吧。"四婶催四叔回去。

"12小时就到了，到站时间是明早8点，千万别睡过头……"

"出站后不用等我，取了钱就回家，老人小孩都等着呢，明天我到火车站给家里打电话……"

三

第二天下午，四叔往家里打了好几通电话。

四婶下午3点才到家，火车整整晚点4小时。

"安全到家就好……家里冷不……明堂又长高了吧……"

"冷……明堂长高了，都到我肩膀了。"四婶说，"你这么早到车站了吗？"

"我……回不去了……到大年初一，你替我在娘跟前磕个头……"四叔声音越说越小。

"怎么了……"

"排了一天队，票早没了，连站票都没了。你的票是花高价找黄牛要到的……"四叔低声解释着，"我怕你不愿意一个人回去……我知道你很想家，很想明堂……"

四叔以为四婶会对他破口大骂，结果四婶却在电话里哇地一声哭开了。

四

2018年，北京的冬天特别冷。

半个月前，明堂来找我，说今年春节他要和同学结伴去泰国，让我回家过年时给他爸妈捎点东西。

明堂是我四叔四婶的独子，大学毕业两年了，和我在同一个城市上班。

我说："春节不回家陪你爸妈吗……"

明堂打断我的话："我跟我妈讲好了，过年回家的车票不好抢……而且，去泰国的廉价机票都订好了，不能改签退票……"

"再说了，过完春节再回家不是一样？"明堂见我没回他，又自我解嘲地说，"今年春节不回家，我这是给国家的春运工作做贡献……"

五

前几天，明堂又来找我了。明堂说，他去不成泰国了，他得回家，东西就不麻烦我捎了。

我笑着问他："怎么这么快就想通了？"

"不是我想通了，我爸把回家的往返车票都给我订好了，我能不回去吗？"明堂脸露不悦。

"四叔也会上网订票了？"我假装好奇地问。

"谁知道他们怎么搞到的。我妈说，为了上网抢票，我爸在网吧里守了好几天。"明堂赌气地说，"真不懂他们怎么想的，我不回去，他们这年好像就没法儿过了似的！"

于是我给明堂讲了二十年前四叔四婶的那段故事——一周前，四叔打电话让我教他怎么在网上订票，说了很多话，还给我讲了这段往事。我觉得，我有义务讲给明堂听听。

听完故事，我看到明堂的脸色慢慢地缓和下来了。

六

春运就是一张火车票，最后一站都是家。

我是一个讲故事的人。不管是讲别人的故事，还是讲自己的故事，我本来都应该活在故事之外。但是，我发现，可能年纪越大，心越发地软了，我总是试图将故事讲得美好一点。

故事讲完了，也许你会问，春节明堂到底有没有回家？

我只能告诉你，在我的故事里，他回家了。

嗨啵溜啾

肖恩

暑假结束，我得回爸爸家上学了。

临走前，妈妈送给我两条鱼，是最常见的那种黑色金鱼。黑黑的脑袋，黑黑的尾巴，连肚皮都是黑黑的。

妈妈说："你要记得每天给它们喂食。"

妈妈说："你要记得隔天给它们换水。"

我点点头，目光落在那个透明的泛着蓝光的玻璃鱼缸上。

于是，我的生命里多了两条鱼：一条叫嗨啵，一条叫溜啾，是妈妈取的名字。怕我忘记，妈妈便把它们的名字写在纸上，字迹圆润而清秀。

我开始期待第二年的夏天。

夏天的时候，妈妈会陪着我。

妈妈

一放暑假，我就将肖恩接到我的城市。

我带他去少年宫，去海洋馆，去电影院，去游乐园。

我给他做鸭子煲，做咖喱虾，做鱼片粥，做荷叶饭。

我说："肖恩，你想去哪儿，妈妈带你去。"

我说："肖恩，你想吃啥，妈妈给你做。"

他摇摇头，眼神茫然，似乎藏着沉甸甸的心事。

那天散步，我们路过一家卖金鱼的小摊。

肖恩蹲在一边看。很少见他对一样东西这么认真。

我说："妈妈送你两条金鱼，只属于你的金鱼。"

他用心挑了两条，是最常见的黑色的那种。

"给鱼们取一个什么样的名字呢？一定要洋气点的名字。"我一边自言自语，一边在纸上写下：嗨啵 and 溜啾。

我希望我的肖恩能笑一笑，他却只是点点头。

肖恩

前一段时间，溜啾死了。我按时喂食、换水，但溜啾还是死了。

我将它埋在窗外的丁香树下。

也许，明年春天，丁香花就能开出金鱼的味道来吧。

今后不会再有鱼和嗨啵抢食了，嗨啵却很忧伤。

它忧伤地从鱼缸这边游到那边，又从那边游到这边。

有时它会停下来看看我，然后又游走了。它认不出我是谁。

听人说，金鱼的记忆只有七秒。

嗨啵游来游去，游去游来，就忘了它曾经有个朋友叫溜啾。

今年我十四岁。我记得我所有的快乐和不快乐。

溜啾死了，我也很忧伤。

每天起床后、睡觉前，我都会去看嗨啵。

一天早晨，我看到嗨啵死了。它仰着肚皮漂在鱼缸里，就像睡着了一样。

它的梦里会不会有溜啾？

那天，我哭着给妈妈打电话。我说："溜啾死了，嗨啵也死了。"

妈妈什么话都没说。妈妈也哭了。

我会一直记得这样两条鱼：一条叫嗨啵，一条叫溜啾。

它们曾经游过我的生命，陪我度过那年的夏天。

妈妈

我算不上一个称职的好妈妈。

六年前，我离开肖恩，来到这座陌生的城市。

　　我有了新的家庭，新的孩子。我不再是肖恩专属的妈妈。

　　每到夏天，我都会接肖恩过来，陪他度过暑假。

　　这年深秋的一天，我接到一个期待了六年的电话。

　　肖恩在电话里跟我说，嗨啵死了，溜啾也死了。

　　我哽咽着，什么话也说不出来。

　　如果没有记错，自从六年前我的肖恩患上自闭症，这是他第一次主动与人说话。

带着母亲去方特

去年暑假的时候，母亲带着小侄女和小外甥来郑州做客。

母亲在电话里唠叨，说我北上郑州，我妹嫁到广东，一家人几年也难得团聚一回。今年暑假，小外甥从广东到外婆家过暑假，天天念着要去郑州找大舅。也难怪，小外甥都快上初中了，一直还没见过他的作家"大豆腐"（广东话谐音，大舅父）呢。

我揣摩着，母亲一定是想我了，不好开口说，于是便提早帮她预订了往返郑州的火车票。

那天在车站出站口，我远远地便看到了母亲。她一手牵着小侄女，一手提着一篮家里自产的鲜鸡蛋，背上还背着一个兜着各类土特产的大包。小外甥跟在后头，懂事地帮外婆推着行李箱。我有点内疚，母亲都五十好几了，这几年身体发福，连走路、爬楼梯都吃力，我怎么着也该想法去站台接一下的。

到家后，将老人小孩安顿好，我还得赶去单位上班。下班回来，母亲早做好了几样从老家带过来的菜肴：干笋烧腊肉、辣炒小公鸡、坛子酸刀豆、腊味合蒸。

我就知道，母亲一来，家乡的味道便浓郁起来了。

我一边吃着饭，一边安排着这几天的行程：再上两天班就是周末，周四晚上我准备带小孩们去看电影；周五晚上有豫剧表演，我知道母亲好看戏，就特意托人找了几张票，也可以顺便带他们去尝尝豫菜，吃吃烩面；周六去郑东新区走一圈，顺便逛下动物园；周日我开车带他们去登封，游少林寺，看少林功夫。

两个小孩听得直拍手。母亲说："你安排吧，别影响你工作就好。"犹豫了一会儿，又问，"去少林寺多远呀？门票多少钱？"

"不远，开车一个多小时。门票也不贵，大人一二百，小孩子半价……"话一出口我就后悔了，母亲勤劳节俭了一辈子，她哪里舍得花钱出去旅游？

果然，母亲不愿意了："少林寺就别去了，你上班累，周末正好休息休息。"

"花不了几个钱，你都大老远地来了，就一起去看看吧。"我劝母亲。

母亲没再反对，到了周六晚上，临睡前，才小心翼翼地跟我说："今天走了一天路，腰也酸了，腿也乏了，少林寺那么远，不去了，下回再去。"见我面露不悦，她又补充说，"要不，我们换个离家近点的地方，随便转转就行了。"

想了半天，那就去绿博园吧。就在郑州东边，天气不热，逛公园对老人小孩都适宜。玩半天，还能休息半天。

商量妥当，母亲这才安心睡下。

没想到，第二天又出了岔子。那天绿博园里刚好做一个活动，来的人比较多。我看车子都还在绿博园门外的停车场排着队，便掉头将车停到了路对面方特欢乐世界的停车场。刚下车，小外甥和小侄女就往方特大门跑，叫都叫不住。

"我们去方特吧。"小外甥拉着外婆的手，央求着。

"我要去游乐场，不去公园。"小侄女的眼泪也快止不住了。

这两个小家伙也不知道从谁那儿听说过方特，这会儿早被方特大门的彩色城堡给绊住了脚，迷住了魂。我劝了好一阵，好话说了一箩筐，俩熊孩子就是不听。

母亲本来就宠小孩，这会儿全然没了主意，直看着我，不知道如何是好。

我两手一摊："要不，今天就玩方特吧。"

买票进了园子，母亲很自然地一路开启了埋怨模式：

"俩小兔崽子，一张票好几百呢。"后来看小孩们玩得兴起，自己也跟着乐呵起来。

母亲这一辈子，比花钱还让她心疼的恐怕就是这几个孩子吧。

小侄女和小外甥像是被激活的机器人，上满了发条一般，先玩了一些小孩的项目，又兴冲冲地跑到过山车那边。

母亲几乎是一路小跑，跟在两个小孩屁股后头。这里说说要注意安全啊，眼睛要看好前方，鞋带先系好；那边又嚷嚷拉住扶手，系好安全带，手不要乱动……一圈下来，小孩们没累着，母亲的额头上早渗出了一圈细细的汗珠。

到玩过山车的时候，母亲说："这个你也可以玩，你带他们玩吧，让我歇歇。"

排队的当儿，母亲给俩小孩递水递吃的，眼看着别人在过山车上坐了一回，上上下下转着圈儿，眼都看直了，一个劲儿问我："这么高，这么快，还倒着开，能保证安全不？"

我说："放心吧，安全着呢。"

我们下来的时候，小孩们兴奋得还在尖叫。我看到母亲脸色有些发白，额头上的汗珠更密了，似乎她那颗心跟我们一起悬在了半空中。

"太吓人了，我看着眼睛都不敢眨一下。"母亲这样说着，把我们都逗笑了。

又玩了几个项目，有些项目本来母亲也可以参与，但她说得留人照看包包和衣物，而且刚看我们坐过山车，这会儿腿还是软的。

最后一个项目是 4D 电影《飞越极限》，我再三邀请母亲参加。我说："你也是买了票才进来的，一个项目都不玩，太浪费了。"

母亲终于答应了。排队进去后，负责引导的工作人员走过来询问母亲的年龄，还特意安慰她，不要紧张，将身体放轻松，就当是看电影环游世界了。

俩小孩一刻也闲不住，短短六分钟里，两个人一直在比赛谁认的地方多。小外甥明显要胜出一筹，嚷嚷着做起了"导游"："外婆，快看，这是里约基督像、伦敦大桥、纽约自由女神、巴黎埃菲尔铁塔、埃及金字塔……到中国啦，喜马拉雅山、布达拉宫、长城、北京故宫、东方明珠、维多利亚港……"

场面宏大真实，甚至有点惊险刺激，我担心母亲，眼睛不时往她那边瞅，但直到影片放完开灯，影院里都黑漆漆的，什么也看不到。

回家路上，俩小孩还在吵嚷着回味今天玩过的项目。母亲可能真的累了，坐在副驾上打了会儿盹儿。见她醒来，小外甥问："外婆，今天你就玩了一个项目，你觉得好玩吗？"

"好玩，好玩。"母亲笑着说，"只要你们玩得开心，我就觉得好玩。"

我在一边接腔："妈，其实你还不到六十岁，这里边很多项目你都能玩，下次再来，遇到害怕的地方，你就使劲喊出来，那样，你就不会害怕了。"

"我哪敢看啊，只看了一眼，我闭着眼睛晃过来的。"母亲轻轻地嘟囔了一句。

坐在后座的小孩们没有听到，依然在饶有兴趣地讨论着他们的话题。

我却听得很清楚，心里突然有种莫名的感动。作为一位母亲，她的快乐是那么简单，就是陪在孩子们身边，心疼他们，让他们开心。

以后，我们也该多花点时间陪陪母亲。

是时候我们来心疼心疼她了。

听来的鬼故事

这是我四爷爷在世时给我讲的故事。

四爷爷年轻的时候，是村里的民兵。每逢秋收，民兵都要轮流值班护秋，既防野猪兔子，也防山贼小人。换班时间有早有晚，早上是 8 点，晚上是 9 点。换完班后，他们还得走路赶回村里。

话说那天晚上，来接班的民兵迟到了，带着一身的酒气，快 11 点才到。四爷爷早等得不耐烦了，对着来人骂了一通，交了班就往家赶。

护秋点离村子有四五公里。走到一个交叉路口时，四爷爷犹豫了一下。平时大家都走左边的道，大概四十五分钟能到家。往右走距离近一些，可以节省十来分钟，但得经过一片墓地。那时四爷爷二十岁出头，正是血气方刚的年纪，不信神也不信鬼，而且他还背着一杆猎枪，就算遇上狼也不怕。四爷爷打定主意，往右一拐，走上了右边那条近道。

很快就到了墓地，秋意正浓的晚上，月光能影影绰绰照亮小路两边的坟头和墓碑，远处的树梢上有老鸦子在叫唤。因为很少有人走，所以路边的野草都长疯了。四爷爷点燃一支烟，为了壮胆，还故意哼上了小曲儿。他快步如飞，目不斜视，直盯着路面往前赶。

不知不觉就走出了墓地，一阵阴风吹过，四爷爷觉得额头上凉凉的，用手一摸，竟然沁出了一头密密的细汗。长舒一口气后，四爷爷打起精神继续赶路，又走了一段，他隐隐约约地看到前方路口拐弯处有一个影子在动，辨不清是人还是牲畜。

"谁啊？"四爷爷叫了一声。对方没有回应。四爷爷心里一紧，下意识地将猎枪抓在了手里。

继续朝前走，影子渐渐清晰，确定是人无疑，正埋着头往这边走。四爷爷松了一口气，将枪重新背回肩上。又大喊了一声："前面赶路的是谁啊？"还是没有应声。

四爷爷正寻思大半夜怎么会有人来墓地，那人就走到了跟前。四爷爷定睛一看，这不是村里的陈铁匠吗？难怪听不见招呼，他耳朵早都背了呢。

"原来是铁匠啊，这大半夜是要去哪儿呢？"四爷爷再次加大音量喊话。

铁匠还是没回话，埋着头自顾自地往前走。路很窄，四爷爷见状让到一边。铁匠停在他面前，四爷爷往左边，他就往左边，四爷爷往右边，他就往右边。

四爷爷有点恼了："铁匠你是不是喝多了？打招呼不理就算了，凭啥还堵我的路？"

铁匠抬起了头，不像是喝多酒的样子。他的脸死灰死灰的，瞪着一双眼，愣是把四爷爷吓了一跳。

这气氛不对啊，四爷爷也慌神了，他大叫着用力往前冲。铁匠也使上了劲，用力将四爷爷往回堵。四爷爷气急，想用猎枪，但是铁匠力气大，猎枪被他死死地按在四爷爷肩上。

僵持了一会儿，四爷爷心里越想越发毛。手忙脚乱中，猎枪不小心走了火，砰的一声，将静寂的夜空撕开了一道口子。

四爷爷更慌了，脑子里只剩下一个念头，那就是赶紧离开这个鬼地方，他拼了命地想推开铁匠往前走。但是，四爷爷越用力，铁匠也越用力，两个人就这么僵在了路上。

也不知道过了多久，路那头有人打着火把喊着话过来了。原来，我四爷爷和二爷爷住一块儿，二爷爷见四爷爷一直没回家，便一路寻到护秋点，人没找到，而是听到了枪响，便慌慌张张地赶了过来。

二爷爷过来一看，四爷爷全身汗湿，僵在离墓地不远的路上，身子顶在一棵树上。

二爷爷问："四伢子你怎么了？"

"这陈铁匠中邪了，硬是堵着路不让我回家。"

"讲鬼话咧，陈铁匠在哪里？"

四爷爷顿时缓过神来，晃了晃脑袋，说："不对啊，刚刚我明明看到陈铁匠在这儿的。"

二爷爷摸摸四爷爷脑袋直烫手，估计吹了半宿的风，感冒发烧讲胡话了，就赶紧领人回了家。

回家后，四爷爷再三解释，二爷爷就是听不进去。直到第二天早晨，二爷爷才脸色苍白地来找四爷爷。他刚听到消息，说昨晚 11 点多的时候陈铁匠突然过世了。二爷爷说："四伢子，你一定是哪里冲撞了陈铁匠，赶紧随我去陈铁匠家拜一拜。"

四爷爷一听就瘫在了床上，浑身酥软，四肢无力，别说走路，连话也说不出来了。

自此以后，四爷爷就再也没有走过那段穿过墓地的小路。大前年，四爷爷去世，下葬的时候，家里人按照他的遗愿，特意抬着棺椁经过那段小路，将他送到那片墓地里，就葬在陈铁匠的旁边。

怎么证明自己还活着

我们单位一位退休的老职工汪工死了。汪工是怎么死的无关紧要，我这篇小说的中心内容与死亡无关——虽然它是以一个人的死开始，又是以另一个人的死结束。

汪工死了，汪工的死给我们带来了一个很直接的后果：在汪工去世后的第二天早晨，汪工的儿子汪伟领着一个老太太出现在我们办公室的门口。现在可以告诉你了，我这篇小说最关键的人物不是汪工，也不是汪伟，而是这个叫何桂香的老太太，也就是汪工的老伴、汪伟的母亲。

当汪伟搀着汪老太太来到办公室的时候，我们多少有些惊讶。因为在此之前，我们不知道汪工还有个妻子——这种惊讶本身很可笑，我们作为单位政工部门的工作人员应该做出检讨，不过客观的事实是我们并不了解汪工，我们只知道汪工曾经是单位的技术骨干、劳动模范，但是他的性格并不合群，与领导、同事之间处得都不好。

现在汪伟来了，汪伟的胳膊上缠着黑纱，汪伟很悲切地握着我们的手听我们说了一些安慰的话，汪伟指着那个老太太说："这是我的母亲，两年前患上了阿尔兹海默病，生活不能自理，父亲在世时不愿拖累单位，现在父亲去世了，希望组织上能够照顾照顾。"

对于汪伟的要求，我保持一个下属的沉默，我只负责将汪伟领到主任办公室。

主任沉吟了一会儿，对汪伟说："对于你的要求，我们完全理解，汪工是为单位做出过贡献的老职工，情况特殊，也理应照顾，不过按照有关规定，需出示你母亲与汪工的婚姻证明以及你母亲在世的文字证明。"

汪伟可能没想到事情这样简单，他满脸感激地握住主任的手，口里含混不清地说着一些感谢的话。汪伟的母亲呆呆地靠在一旁，面无表情。

第二天下午，汪伟又来了，手里拿着一本老式的结婚证。汪伟说派出所查不到母亲的户口，不肯开证明。汪伟接着解释说，母亲是抚顺桑河人氏，当初远嫁父亲时，可能没有办理户口迁移手续……

主任是个很讲原则的人，主任说："这事不好办，规矩是写在文件上的，白纸黑字，要不到你母亲的老家去开个证明来。"说着主任便在电脑前敲了一阵，打印出来一张纸：

证　明

　　何桂香同志是桑河乡大坝子村居民，现年六十一岁，在世。

　　特此证明。

年　月　日（盖章）

　　主任看了看，觉得有些不妥，又将"是"改成了"原是"，才交到了汪伟手上，说："不是不帮忙，一帮就乱了规矩，你先跟你舅家人联系，再将证明寄过去，只要当地公安部门一盖章，这事我立马帮你办好。"汪伟又很感激地紧握住了主任的手。

　　第三次到办公室来时，汪伟的脸上极不自然。他的身后跟着汪老太太和一个刚三十出头的穿西服的男人。这次汪伟没先开口，说话的是那个男人。他自我介绍说是汪伟的表弟，汪伟的母亲是他的大姑，因为大姑出嫁时在桑河的户口已经注销，桑河派出所也不肯出示证明。他说："我大姑爹一辈子踏踏实实，勤勤恳恳，而今去世了，大姑患了病，眼看着看病住院的钱都没个着落，你说不靠这单位，又该靠谁去……"主任耐心地做着解释，甚至把那一沓发黄的文件拿出来。那个男人也没法子了，扭过头对汪伟说："这单位也有单位的难处……"汪伟的脸一下子涨得通红，他看上去很气愤，好半天才指着汪老太太嘟囔出一句话："开什么证明？这人好端端站这儿，还要开什么证明？"主任拿起文件走到汪伟跟前，指着上面的一排字念："你看看，文件上是这么写的，我们也没有办法。"……

如今，事情过去了好几个月，那天，主任走到我身边跟我说："小秦，你起草一份报告，把汪工的家庭情况说一说，看局里是不是可以酌情照顾照顾。"我很快将报告写好了，主任习惯性地改动了几处字词，要我送分管领导批示。分管领导二话没说签了两个字：同意。主任又吩咐我将手续办了，还叫我到银行办好存折送到汪工家里去。局里对孤寡职工家属的生活补助是每个月120元。

故事到这里当然还没结束，开头的时候我已经说了，这个故事的结局死了一个人。那天我有点疑惑为什么主任要我将存折送到汪工家里去，但领导吩咐的事我不敢含糊。到了汪工家，我看到了汪伟的女人，她正在忙着淘米，看到我来，便慌忙让座倒水。我将来意说了，再将存折给她。她说老人家的病加重了，昨晚住进了医院，脸上一脸的感激之情。

出门的时候，刚好碰上汪伟风风火火地赶回来，他大老远就朝着屋里喊着："孩子他妈，快去医院，我妈她快不行了！"……

感冒是这样流行的

在这个不大不小的机关里，秘书李四只能算一个平凡人物。与所有的平凡人物一样，李四也有一些隐秘的愿望，譬如现在，李四就特别希望自己能患上感冒。

4月5日上午，阳光明媚，李四站在顶头上司刘爱国主任的办公桌前，听刘爱国主任跟他说："刚才小宋打电话来请假，说是染上了流感，这段时间，大家都要悠着点。"

李四知道小宋没病，小宋这小子一定是憋慌了，周末跑省城去见女朋友，这会儿赶不回来了。不过李四早过了那种想什么说什么的年纪，李四一声不吭地回到办公室，拿出科室出勤记录本，很认真地记下："4月5日，宋鹏患流行性感冒，休病假一天。"接着李四很随意地将本子往前翻，就翻到了这样一些记录：

2月14日，梁思思严重感冒，请病假一天。

3月8日，刘爱国主任感冒，休假一天。

3月19日，高岗主任病假（感冒）。

翻着翻着，一个愿望就偷偷地在李四心里滋长起来：现在正是感冒流行的季节，小宋是刚分到机关的大学生，他都能感冒，为什么我不能感冒一回呢？李四骨子里是那种把日子过得小心谨慎的人，李四这么想着的时候就有了些小小的兴奋。这天上班的时候，李四满脑子都在暗暗嘀咕着："选择哪一天感冒呀？感冒那天又做点什么呢？"

最后时间定格到了4月8日。这一天对李四来说是一个很特别的日子：前年的这一天，李四认识了一个叫张英的漂亮女孩；去年的这一天，这个叫张英的女孩成了李四的妻子；今年的这一天呢？李四想着要给张英一个浪漫的惊喜。当然，制造浪漫是需要时间的，李四决定：4月8日患感冒。

一晃就到了4月7日，一场及时的春雨将天气浇得透凉。这一天，李四就有了充足的理由来表现他的状态低迷，他时不时做出要咳嗽但又咳不出来的非常难受的样子来。果然就有人来问："李四，感冒了吧？穿这么少……"李四就很在意地用手去摸了摸自己的额头，然后露出一脸的无所谓："没什么，过一天就好了。"话没说完，李四就用手掩住嘴巴，打出来一个闷响的喷嚏……

这本来就是一个容易感冒的季节。说感冒，李四还真感冒了。4月7日半夜，李四开始流鼻涕，打喷嚏，说胡话。张英让李四吵得不安宁了，冷不丁一摸李四的额头——烫手！才慌里慌张地将李四送到就近的医院，结果出来，是流行性感冒引发的急性肺炎，需住院治疗。

4月8日，李四躺在医院的病床上，一个人挺无聊，就"一、二、三、四"地数起了吊瓶内不停往下滴着的药水。当数到一千零二十四的时候，办公室的领导和同事都屁颠屁颠跑医院来看他。刘爱国主任代表科室做了简短的安慰讲话，然后大家将几袋水果丢到床头柜上，又屁颠屁颠离开了医院。

接受了两天的治疗，又观察了一天，周一的时候，李四又很早便赶到单位去上班了。当习惯性地打开科室出勤记录本，李四看到这么一行字：

4月8日，李四因感冒导致肺炎住院。全体到医院看望李四，休假半天。

李四感觉怪怪的，就好像在自己精心料理的饭菜里吃出一只绿头苍蝇来。

这个时候，宋鹏来了。宋鹏远远地瞪着李四，宋鹏说："这么快就出院了？你的病是不是全好了？现在办公室里除了我，全都传染上感冒了……"宋鹏说着，就张大嘴巴，朝李四打了一个大大的喷嚏……

比如驼背

李四的本职工作是机关秘书，写小小说算是第三产业了，但自从李四发表了为数不多的几篇小小说后，李四就隐隐约约地感觉到了自己是个作家——尽管李四再三在公众场合向朋友们强调："我编故事、写小说，跟大伙儿搓麻将斗地主一样，纯粹是出于好玩。"

李四还常跟人黏糊：这搞写作的，跟普通人就是不一样。咋不一样呢？在普通人眼里，这生活就是吃喝拉撒；而在作家眼里，生活就不仅只是生活，它还是一篇篇酸甜苦辣的小说哩。比如看一个坐台小姐吧，普通人看到的只是一个用干净或者不干净的手段挣钱的女人；但李四却能在她们身上看出一个又一个可以让自己小赚一笔的故事来……

再比如昨天，当李四站在顶头上司刘爱国主任办公室的时候，刘主任突然瞄着他说："小李啊，你老驼着背干吗呢？年轻人，将腰杆挺直点！"李四就很别扭地耸耸肩，努力把身子直了直。可是没过多久，刘主任又对他说："你看你，你老驼着背干什么？"……

李四是高个儿，个子高的人容易驼背，这道理李四老早就懂，可李四从来都不觉得自己驼背。下班回家，李四特意站到穿衣镜前，正面看，侧面瞧，这腰杆子都像栽在地上的一棵白杨树，笔直笔直的。后来李四就问妻子张英，张英笑着说："你这年纪要是驼背了，你以为我会嫁给你啊？"李四就有些纳闷儿："这好端端的，刘主任他凭什么老嚷嚷我驼背呢？"

就这样一件事，要在普通人眼里，这不是驼背也就得了。但在李四的想象中，却琢磨成了这么一个很有点味道的小小说——

若干年前，当刘主任嘴唇上的胡须还嫩黄嫩黄的时候，办公室的王主任（姑且让他姓王）老是瞄着小刘（那时应该叫小刘的）说："小刘啊，你老驼着背干吗呢？年轻人，将腰杆挺直点！"小刘就很努力地将身子撑直了。可是没过一会儿，王主任又说了："你看你，你老驼着背干什么？"……

后来，刘主任就成了刘主任。当了主任的刘主任也经常瞄着刚分到办公室来的小张说："小张啊，你老驼着背干吗呢？年轻人，将腰杆挺直点！"于是小张就努力挺起腰来。可是没过一会儿，刘主任又对他说："你看你，你老驼着背干什么？"……

再后来，应该是在一个红霞满天的傍晚，刘主任在院子里碰上了退休的王主任。退了休的王主任当然不再是主任，而是一个牵着宠物狗走在路上的驼背老头儿了。刘主任碰到王主任后很亲热地跟他打招呼，只是当他从王主任身边走过去的时候，背挺得笔直笔直的……

李四是在办公室里想到了这个故事的结局，当想象着刘主任昂首挺胸地从王主任身边走过去时，李四忍不住要扑哧笑出声来。这个时候，李四听到刘主任在办公室里"小李小李"地叫，就回过神来，将脸上的笑容扼杀在萌芽状态，然后快步走到刘主任的办公室。

刘主任半眯着眼睛瞄着李四，很轻柔地问了一句："在忙什么哩，叫你好几声了？"

李四就急着要找借口解释。平日里，李四的嘴巴像西瓜皮一样滑溜溜的，可现在他突然找不着词了。因为李四奇怪地感觉到了，呃，我这背怎么还真有点驼？

不过刘主任好像并没有要听李四解释的意思。刘主任说："帮我给窗台上的月季浇点水吧，再过些日子，这新栽的月季就要开花了。"

杀人者唐斩

刀痕

我是一个杀手。我叫唐斩。杀人者唐斩。

对一个杀手来说，叫什么并不重要。但是如果他叫唐斩，这绝对是一种至高的荣耀。因为绝情会是江湖上最大的杀手组织，而杀人者是绝情会中最优秀的杀手。

以前大家都叫我4763。跟我的朋友4796一样，这只是个编号。我顶着这个编号生活了二十六年。

从出生那一刻起，我就注定会成为一个杀手。我十八岁开始杀人，整整八年，2922天，我已经记不清有多少人死在我的刀下。每次杀人回来，我就在墙上刻一刀。斑驳的土墙上，新的刀痕覆盖着旧的刀痕，就像我这八年的记忆，伤痕累累。

二十六岁那年，我终于取代了前一任杀人者。他在一次执行任务时失去了两个手指。

手指就是刀客的生命。

月暗

七月三十，无月之夜。一个身影从东边飘然而来。他戴着绝情会的令牌。

他叫绝情使。

绝情使蒙着脸，驼背着，像一张年迈的老弓。他总是匆匆而来，他从来都不多说一句话。他说，七月三十，春香楼，吕温侯。然后又匆匆离去。

我开始用白色的羽毛擦拭我的刀。我知道，今天晚上，一个叫吕温侯的人将死在春香楼里。没有人知道他为什么会死，也没有人知道他会死在谁的刀下。

吕温侯死了。他的血染红了春香楼的绫罗帐。一个娇小的女子缩在房间的角落里瑟瑟发抖。她脸色苍白，很久才向我说："谢谢你救我。"

我说："我不是来救你的，我是来杀人的。"

"但是你救了我。"她终于站起身来。她脖子上那枚月牙形的绿色玉石映衬着她脸上的羞涩和委屈。她说，她出来找她爹，被坏人卖到这种地方。

她梨花带雨般哭了起来。哭声轻轻地湿润着我那像石头一样的心。在那一瞬间，我握刀的手突然变得软弱无力……

她叫月暗。就是从这一天起，她开始为我做饭，开始为我洗衣，开始在无月之夜里为一个男人担惊受怕。

那一次，我回来得很晚，我发现我做事不再像从前那样利索。月暗含着泪为我肩头的伤敷药。她说："我们逃跑吧，逃到没有人烟的地方，逃到没有仇恨、没有伤害的地方。"

我的心像春潮的大海一样涨了起来。我没有回答她。我知道，我肩负着太重的使命，牵扯着太多的秘密，背叛只会意味着灭亡。

月牙碧玉

八月十五，中秋夜，月圆如盘。

绝情使第一次伴月而来。他看着惊慌的月暗，对我说："要么抛弃她，要么杀了她！"

我盯着绝情使。我的刀在月光下微微颤抖。

绝情使抽出了刀。我没想到一个驼背老人的刀会如此之快。即便是我出刀阻拦，他的刀气也已经划破了月暗的胸衣。那枚月牙碧玉被劈成两半，一前一后掉在地上。一前一后，两声脆响。

绝情使握刀的手开始颤抖。

良久，房子里只剩下两个男人粗重的呼吸，还有一个女人惊恐的眼神。

绝情使放下了刀。"你们走吧，在走之前，还有最后一次任务：八月十六，赤龙坡，种韭翁。"绝情使望了月暗一眼，接着说，"任务完成，你们立刻离开这里，走得远远的，永远不要回来。"

我又开始用白色的羽毛擦拭我的刀。月暗靠在我身上，手里抚着那裂成两半的月牙碧玉，忧伤地说，那是她母亲留给她的唯一遗物。

种韭翁

八月十六，天晴。

赤龙坡上只有一个种韭菜的老翁。当我看到他的时候，他正弯着腰在菜地里侍弄他的韭菜。

我的刀第一次在阳光下闪闪发亮。

种韭翁看到了我的刀，他没有直起腰来，他本来就是个驼背。他没有像常人一样慌乱，他很坦然地看着我的刀。他在阳光下眯着笑脸。

我失手了。这是我第一次真正失手。因为在出刀的那一刹那，我感觉种韭翁的眼神很熟悉，甚至我已经发现，种韭翁就是拉掉了蒙面布的绝情使。

他出神地看着我，喃喃地问："为什么不下手？"

"杀的怎么会是你自己？"

"你杀了我，绝情会就会放过你们。绝情会的规矩，要么你死，要么我死，要么大家都死。"

"但是我不明白为什么你要死？"

"曾经我也叫唐斩——杀人者唐斩。杀人者应该是绝情的，但我跟你一样，我也爱上了一个女人。后来我离开她，我才活了下来。"

"为什么你要对我们留情？"

"因为月暗是我的女儿。那枚月牙碧玉就是我送给我女人的定情之物。我已经伤透了一个女人的心，就不能再让她的女儿伤心……"

"我们可以一起逃，逃得远远的。"

"来不及了……绝情使话还没说完，血已经从他的脖子上汩汩地流了出来。"

杀人者

一个熟悉的身影站在我的面前。曾经他跟我一块儿练刀，跟我一块儿执行任务。

现在，他手上的刀让我感到心寒。

"4796。"我叫他的名字。我感觉到我的声音在颤抖。

"你认错人了，我叫唐斩——杀人者唐斩。"像刀子一样冷冰冰的回答。

病毒

"你真的在我出生之前就来到我家了吗？"唐小岚仰着头问苏比。十八岁生日那天晚上，小岚邀请苏比陪她去海边吹风。

"是啊。我到你家里时，你还待在医院的培养室里呢。"

"十八年了，你还是这么年轻，这么帅气……"

"小东西，机器当然不会老了。"苏比微笑着看着小岚。

"我都十八岁了，以后不许再叫我小东西。"小岚用热烈的目光盯着苏比的脸，问，"苏比，你爱我吗？"

"我当然爱你。"苏比回答，"爱你是我的责任。"

"你知道我说的不是这样的爱……"突然小岚很紧地抱住苏比，她的身体像风中的柳叶一样在苏比的怀里颤抖着，"苏比，你可以爱上我的母亲，为什么就不能爱上我呢？"

苏比的心跳猛然快了起来，系统修复程序迅速地调整着他的状态。苏比说："小东西，可不要胡说，我只是个机器仆人……"

小岚用非常肯定的语气说："苏比，你一直偷偷爱着我的母亲，我十五岁的时候就感觉到了。"

苏比没再辩解。小岚才十八岁。十八岁的女孩还处于爱情的童年期，她敏感、偏执、多情而痴迷。

苏比不知道自己多大了，也不知道自己是否真的懂爱情。在他的大脑芯片里，早就被写入了这样一段程序：忠于主人，爱护主人，绝不与主人发生爱情。所以他毫不犹豫地拒绝了小岚。但是为什么小岚那么说呢，自己真的是爱上了她的母亲唐夫人吗？

十八年前，唐夫人在苏比面前停下了搜索的目光。她跟唐先生说："这一款样式不错，功能齐全，可当仆人用，可以做孩子的保姆和陪读，还能弹钢琴，感觉闷的时候可以让他弹曲子给我们听，而且价格不贵，保质期有二十五年，就选这一款吧。"

苏比还清楚地记得唐夫人当时的模样。她用手指轻盈地划过苏比脸上的肌肤，对着丈夫唐先生惊叫了一声："你摸摸，这机器人的皮肤跟真人一样呢！"……

苏比沉默着。小岚的头发被海风扬起，轻轻地摩挲着他的下巴。

苏比捧起小岚的脸，说："小东西，海边的风太大，我们回去吧。"说罢不由分说，牵起小岚的手上了车。

回家了。唐先生到欧洲出差，一个月后才能回来，唐夫人想必已经就寝了。苏比长舒了口气，送小岚回到卧室，自己也和衣躺到床上。

这是苏比来到唐家之后第一个失眠的夜晚。

半夜的时候，苏比从床上爬了起来。他穿过客厅，他的手指在客厅墙角的钢琴上飞快地划过，他的脚步像这如水飘出的音符一样轻快地靠近了唐夫人的卧室。苏比不知道自己想要干什么，他只是有一种强烈的想要靠近唐夫人的愿望。

唐夫人卧室的灯还亮着，房子里传出压着嗓子谈话的声音。

"你听，好像有钢琴声？"苏比听出来是一个陌生的男人。

"你太敏感了，他们早睡啦。"唐夫人的声音传来。

"唐先生不会突然回来吧？"

"你怕什么……"

苏比明白了是怎么回事，他冲动地想闯进唐夫人的卧室。但他的大脑中枢提醒他：机器人对主人要绝对服从，并且不得干预或介入主人的生活。于是他停住了。

"我们总这样偷偷摸摸的也不是个法子。你到底什么时候离婚，你是不是还舍不得你那个唐先生？"

"等时机成熟。不要提他，呆头呆脑，没一点情趣，只知道做本分的事情，跟我家的机器仆人苏比一个样！"

接下来就传出两个人粗重的呼吸声……

这就是平时端庄贤惠的唐夫人吗……原来在她的心目中，自己只是个呆头呆脑、毫无情趣的家伙……苏比的脑袋里瞬间产生了无数种念头。他的心跳骤然加快，他的脑袋迅速膨胀，整个身体似乎要爆炸……

第二天早上，唐夫人一大早就尖叫起来，她看到苏比直挺挺地倒在她的卧室门口。

小岚飞奔过来，换了苏比的电源，重新启动。系统显示：机器出现严重故障。

唐夫人说："保质期不是二十五年吗，现在才十八年啊？"

小岚飞快地翻出苏比的保修卡，带他来到机器人医院。经过周密检查后，医生对小岚说："很抱歉，他的硬盘感染了一种致命的病毒。"

小岚很惊讶："什么病毒？"

"一种叫作'LOVE'的病毒。出厂时就受到了感染，当初你们买的是一个不合格产品。"

"医生，还有救吗？"小岚担忧地问。

"得换硬盘。"

　　"换了硬盘，他的记忆是不是全部会消失？"小岚可怜巴巴地央求着医生，"大夫，求您再想想其他法子吧！你看，苏比的眼角流下了眼泪的痕迹，他一定是伤心了！"

　　"小东西，机器怎么会流泪呢！"医生微笑着说。

让爱情预演

在 X 代情感型机器人应用开发领域，W 博士"让爱情预演"的课题获得了突破性进展，他准备在最后一次可行性实验后，于 22 世纪的 0 点整向全世界公布他的发现。

"让爱情预演"是一个有关爱情婚姻家庭的科研课题，它的出现将有利于夫妻之间在婚前预测双方共同生活的可能性和稳固性，可以大大降低出轨、劈腿、离婚、家庭犯罪等概率，有利于社会的稳定。

经过认真考虑，最后的实验在 W 博士的儿子小健和他的女朋友婉儿之间进行。这是一对恋爱两年之久，已经有了一定事业基础的爱侣，但两人的父母均几度婚嫁，两人都怕重蹈覆辙，对"结婚"两个字感到很恐惧。

"实验"开始了：W 博士在很短的时间内复制出了机器人"小健"和"婉儿"，它们的"大脑系统"里复制了包括小健和婉儿的性格、思想、情感、谈吐、举止在内的种种信息，再加上仿真人制作，几乎与真正的小健和婉儿一般无二。

于是两个机器人组成的"家"建立起来了，半年过去，一家两口过得其乐融融，有滋有味。下面是W博士收集到的一些录像材料——

"婉儿"病了，"小健"打电话向公司请假，寸步不离地守护在她身边，还喂她吃药……"小健"拖着疲惫的身体从公司回到家里，"婉儿"为他做全身按摩……

"实验"很快接近了尾声，小健和婉儿看到机器人家庭里的和谐与温馨，彼此之间感到十分满意，他俩的婚礼在21世纪最后一个春天隆重举行。

现在到了实践验证阶段，W博士又收集到了一些录像材料——

小健和婉儿生活得很有情调，每天上班之前，小两口子总是依依不舍地拥抱亲吻……半年后，婉儿到医院检查，发现有了身孕，快做爸爸妈妈的小两口奢侈地上高档酒楼大吃了一顿……

W博士看在眼里，喜在心头，自己花了近二十年时间的科研终于可以实现自己在第三次离婚后定下的目标：让尽量少的家庭悲剧在22世纪重演。

但是近来发生的两件小事让W博士隐隐担忧起来：

一件是小健和婉儿考虑到两个人工作太忙而年纪不大，

将爱情的结晶做掉了。另一件事是有回婉儿因为工作通宵未归，小健的新房中依然莺歌燕舞，而那晚W博士制造的两个机器人也莫名失踪……

世纪末的除夕夜到了，W博士、小健和婉儿坐在电视转播中心静静地等着向全世界公布"21世纪最伟大的发明"的最后时刻。

这时，小健说话了："爸，我看这个成果，您还是别公布了。"

W博士露出不解的神色。

婉儿也走过来说："我和小健打算离婚。"

W博士的眼睛睁得大大的。

小健说："我觉得婉儿并不是最适合我的女人。"

婉儿也说最适合她的男人不是小健。

W博士气得捶胸顿足，哑口无言……

几个月后，小健和婉儿通过电子法庭协议离婚了。离婚后一周，小健和婉儿又相继结了婚，小健的新娘是机器人"婉儿"，婉儿的新郎是机器人"小健"。

又过了几个月，W博士公布了一个震惊全世界的科研发现：人类与机器人的联姻可以建立更加美好、更加和谐、更加稳固的现代家庭……

八爷的六十大寿

农历腊月二十七是八爷的六十大寿，这天天刚蒙蒙亮，八爷就吩咐儿子大林挨个儿去请村里的几位干部。按照村俗，村上的红白喜事，四个村干部是铁定了要请到场的，一个也不能落，落一个就落一份光彩。

天上正飘着雪，大林撑着一把雨伞，一步三滑地叩开了荷花嫂家的门。荷花嫂是村妇女主任，也是大林的本家，她像是刚刚起床，披着衣服哆嗦着站在门口，见是大林，就说："大林你真是的，都是自家人，还讲究这许多干吗，今儿八爷六十大寿，你不请，我也不敢不到啊。"

接着到了村主任冬生家，进了门，冬生嫂就忙着让座倒茶。村主任正提着裤带从外面的茅厕走进来，见了大林就打招呼："雪下得可凶，大林你怎么来了？"大林连忙起身说："今儿是我爹六十寿辰，请了几桌亲朋好友，想请您去陪陪客（在Q村，'陪客'是上宾）。"这时村主任已理好了裤子，他说："对啊，今儿八爷可满六十了，你不说我还真忘了，不过大林啊，这陪客，你还是请别人吧。"大林知道这是客套，便装出一副不高兴的样子说："这 Q 村，就您能说会道，不请您能请谁啊？"村主任就呵呵地笑起来，说："行，午饭我一定准时到，不过我祝寿的喜钱，你可得收。"大林知道这又是客套话，就推辞说："看您说的，您的喜钱我们怎么敢收，只要您人到了，我们全家上下都有光啊。"村主任见大林诚恳，也就笑笑，不再说什么。大林告辞出门，冬生嫂还跟在后头叫："大林，这刚温好的酒还没喝，你怎就走了。"

雪越下越大，大林手中的伞也越撑越重。在通往会计五庆家的路上，大林刚好碰上了五庆和五庆嫂。五庆先看见大林，老远就喊："这么大的雪，大林你串哪个的门？"大林说："我正想找您呢，今儿是我爹六十寿辰，想请您中午到家里喝杯水酒。"五庆嫂在一边搭腔说："还真是巧了，今儿我和五庆正想到镇上去买电视机，你看这几年，家家户户的都有了，就我家的三个小孩每晚都往别人家里钻。"大林说："其实也没什么好吃的，就几杯水酒，您看这电视机能不能改天买。"五庆嫂皱着眉头说："明、后两天五庆没空，我一个女人家，这么大个电视机可怎么弄？"大林说："要不这样吧，明天叫我家春伢子陪您去，他力气大，让他帮着搬。"五庆见五庆嫂点了头，就说："这样也好，八爷的六十大寿，也算得上咱Q村人一大喜事，只是麻烦你家春伢子了。"大林笑着说："您哪里话，您能赏脸，应该是麻烦您才对。"

最后大林来到了村支书木根家。一进门，大林就闻到了一股山药味儿——木根嫂正埋着头在火炉边煨药。大林招呼说："大嫂正忙呢，支书在家吗？"木根嫂抬起头，见是大林，就说："正躺床上呢，都快过年了，昨黑还出门找人下象棋，回来时天黑路滑的，这不把脚给崴了。"大林赶忙进内屋问候了几句，他看到支书的脚肿得像个馒头一样，就打消了请客的念头，于是寒暄了几句，就径自顶着风雪返了家。

刚进家门，八爷就问："都请齐了？"大林回答："只有支书的脚崴了，我没好开口。"八爷听了，脸上就有点不好看，呆了半晌说："人都去了，怎么就不开口呢，这来不来是他的事，但请不请却是咱的事。"

大林暖了暖脚，又顶着风雪一路跌到支书家。木根见又是大林，就问："大林啊，你莫不是有什么事？"大林说："也没什么事，今儿是我爹六十寿辰，弄了些粗茶淡酒，想请您过去坐一坐呢。"木根做出一副惊喜的样子说："哎呀，你看我忘的，今儿都八爷六十大寿了，好日子哩，按理我们做小辈的，是该去向八爷叩个头，可你看我这脚，十天半月怕是动不了啦，而且又这么大的雪……回去跟八爷说，赶明儿向他拜年时，再陪他喝上几盅。"

大林只好回了家，这时八爷的女儿女婿，还有大林的姑舅家里都来了人，村里的乡亲也陆陆续续送来了喜礼。八爷见大林耷拉着脑袋回来，就问："没请来？"大林说："支书说他隔天再向您祝寿呢。"八爷的脸又阴了下来，说："这六十也算个大寿，到时乡里乡亲左瞧右看的找不见村支书，你说人家会怎么想，暗地里又会怎么嘀咕？"大林说："可支书他动不了，而且又下这么大的雪……八爷说，人家是支书，走不来，你就不兴动动脑子，多叫几个人把他背过来。"

大林于是叫了弟弟小林和儿子春伢子，又冒着雪深一脚浅一脚地赶到村支书家，好说歹说把支书背回了家。当四个人顶着一头的雪花赶过来时，一屋子的客人都井然有序地坐在餐桌旁，村主任、荷花嫂和五庆早都到齐了，就差八爷那桌还空着一张椅子，那是给村支书木根留的。

四眼

　　Q村穷，村里人都想往外奔。老人们说，这是因为村上只有一口井，井少，留不住人。于是就请来打井队，东、南、西、北各打了一口井。说来也怪，新井刚打好，村里就来了个外地人：姓陈，戴眼镜，大家都唤他"陈四眼"。

　　听说四眼是长江边上长大的，家里遭了洪灾，父母妻儿都没了。他水性好，漂了六七天，最后被救了下来。四眼来到Q村，不想再流浪了，便在山里人的帮助下，在这里安了个家。这四眼是个好人，只是喜欢喝上几盅，醉了便吹，吹自己水性好。有人打趣他："四眼你戴着两块玻璃片儿，能在水里游上几天？"四眼就急着分辩，年轻时眼睛尖得很，是那回给水泡的。不过，四眼这人不比山里人，一起处久了，有人就暗地里嘀咕："这四眼，鬼精鬼精的！"

　　Q村添了新井，但老井边还是很热闹。这老井的水甜，怪凉怪凉的，与别处不同。这一天，几个姑娘媳妇照例来挑水，看到井里好像有个什么东西，一闪一闪地晃人的眼。几个人议论着，是不是出了什么宝物。这消息像是长了翅膀，引得村里老老少少的都来瞧稀奇。

村长冬生也到了，他围着井沿转了一圈，说："这井，少说也几百年了，从没断过水，也见不着底儿，这井水也凉得怪，说不准咱Q村还真有什么宝呢。"有人提议说，何不叫四眼到井底探个究竟。旁边的人就起哄：这四眼是水里头泡大的，说不准还真行。冬生考虑到Q村没有会水的，就使人去叫四眼。

四眼到了，他朝井里看去，那耀眼的光晃得他忙用手遮了眼睛。又看了一会儿，四眼突然哑然失笑，后来几乎就笑得喘不过气来。冬生给笑蒙了，便说："先甭笑，掂量一下，能不能泅到井底？"四眼这才止住笑，说："泅井底是容易，可这井里哪有什么宝物，是我不小心掉落的一个酒瓶儿呢。"井边的人都屏住呼吸，听四眼解释。四眼从人群中拉出五麻子，问："还记得不，昨晚我在你店里赊了一瓶二锅头。"五麻子说："记得。"四眼又笑，笑过后接着说，昨晚从五麻子店里一路喝着酒回家，到老井边已醉了八九分，一不小心，那酒瓶失手就掉到了井里，瓶里还剩下小半瓶酒呢。有人在一边说："四眼你又吹了，这酒瓶儿掉井底也不发光啊。"四眼不紧不慢地说："这你就不懂了，酒瓶儿自己不会发光，可这太阳光照到酒瓶儿上它会反光啊。"众人便抬头看天上挂着的太阳，这太阳光还真的灼人的眼。于是大伙儿互相嬉笑着，散了。村长冬生叹了口气，说："我就奇怪，咱Q村穷山恶水的，哪里就有宝了。"

第二天，太阳刚刚露脸，有户人家的姑娘照例来井边挑水。幽幽的井里像漂着个人，直唬得她落了魂似的，老半天才丢了水桶去叫人。一圈人又围到老井边，几个胆大的想法将人弄了上来。这人早断了气，脸也被泡得变了样，仔细一辨，却是四眼。村长冬生觉得蹊跷，便叫人从邻村借来几部抽水机，一字儿排开了抽水。等水见了底，抽水机仍不停工作，再用绳索吊了两个人下去。上来后，冬生问这俩人："井底可有什么东西？"两人说："没呢，净一个石头底儿。"冬生又问："也没见一个酒瓶儿，二锅头的？"俩人都摇头，也没。倒是后来，在清理四眼的遗物时，有人在四眼床头发现了一个酒瓶，二锅头的，瓶里还剩下大半瓶酒。

老井淹了人，自然就没再见人去井里挑水，井里也没再出现什么发光的还晃人眼的东西。有时乡里乡亲的闲聊，无意间提起四眼，总有人会长叹一声，说，Q村从没淹过人，想不到第一个淹死的会是能泅水的四眼。

桂嫂

桂嫂能够进入我的作品纯属偶然——如果村主任家里没买摩托，要不是有人起了贼心，或者那晚桂嫂没有起床夜尿，又或者桂嫂是那种看到贼就吓得出不了声的女人……

但事实就是这样：那晚，桂嫂的一声喊吓跑了贼，桂嫂叫醒了桂叔才将车子弄进了屋。

第二天上午，桂嫂和桂叔在家里等村主任来取车，等了半晌，村主任没来，村主任的儿子石头来了。石头说："我爹让我来推车子回家。"

桂嫂脸上堆着笑说："我正寻思叫你桂叔去送哩，这么想着你就来了。"

石头什么话也没说，推起车子出了门。

看着石头的背影远了，桂嫂就阴着脸对桂叔说："一辆摩托，好歹也几千块呢，一句话都没有就让推走了。"

桂叔回答："许是留后头吧，以前不也有过，逢上演电影，村主任就在话筒里头表扬某某拾金不昧，某某生了一胎就结扎什么的，还让村里人向他们学习呢。"

桂嫂的心里才算是多了个码儿。

这事没来也就过去了，偏偏隔了三五天，村里有户人家娶了媳妇，照例也演了一场电影。电影演到一半，村主任就扯开喉咙在话筒里头吼了一通"大力加强灭鼠除害"，然后咳嗽了一声，接着说，二牛的媳妇让二牛马上回家吃晚饭，其他同志继续欣赏电影。

电影又开演了，桂嫂哑巴着不是滋味，就扯了桂叔的衣服说："你看这哪门子的事啊，他的车亏了我还掉大河里呢，怎么就没把我往心上挂。"

桂叔也附和着说："也是，怎的就这般没趣的。"

说没趣还真的没趣了，桂嫂没待电影演完就回了家，她的心里不知不觉地就对村主任家多了点疙瘩。

过了些日子，也就个十天半个月吧，桂嫂上井台洗衣服，洗着洗着，村主任家的也提了桶子来了。村主任家的向桂嫂打招呼，桂嫂正眼都不看她，嘴里嗯了一声算是回了话。

村主任家的话挺多，一边搓着衣服，一边说着东家西家的闲话。桂嫂也不搭腔，只是仔细地听。眼看村主任家的快洗完了，桂嫂有意无意地问了一句："你家新买的摩托还挺威风。"

村主任家的朗笑一声，回答说："我家的穷阔气，天天跨着东奔西跑的，让我搭后头，怕了还让我搂他腰子。"

村主任家的似乎没有领会到桂嫂的问话，又絮絮叨叨了好大一会儿，装好洗净的衣服起身要走，末了又返过头来说："桂嫂啊，我家一坛子酸菜吃不完，我看你家桂叔挺爱的，回头你拿点回去。"

桂嫂的心里又打了通鼓：敢情村主任家的还算通情达理。果然，待她提了衣桶回家，路过村主任家门口，村主任家的老大远就叫住她，硬是塞了她一把酸萝卜、酸豆角。

回了家，桂嫂正在屋门前晾衣服，才晾到一半，就听到屋里传来桂叔的叫声："这酸菜哪儿来的，都快变味了。"

桂嫂听着心里又不是滋味来，原来她村主任家的拿坏了的酸菜做人情。她心里有气，马虎晾了衣，进门就将那萝卜豆角的往门外泼……

你说结果怎么样？这菜刚好泼到我身上，沾了我一身的坛子臭。桂嫂忙不迭地向我道歉，又忙乎着泡茶招呼我，完了说："你是上过学堂的，你给我评评这理……"就把事给我讲了。

我听着觉得好笑，但脸上还是正色说："村主任他是亏理儿，他这样子确实是没了人情味。"

桂嫂听着就合不拢嘴地笑了起来。

金保反腐败

金保说："我看不下去了，我实在看不下去了。"

金保说："我要反腐败，我要彻彻底底地反一下张世宗那家伙的腐败。"

金保狠狠地将烟头掐灭，丢到地上，然后狠狠地一脚踩上去。金保很大声地朝自己的女人棉花说："这一次，我要好好地灭一下张世宗那家伙的威风。"

棉花看了金保半天，说："脑壳没发热吧，张世宗是村主任哩！"

"唔，村主任怎么了？"金保又燃起一支烟，很有滋味地熏了一口，瓮声瓮气地说，"村主任搞腐败，村主任他照样得完蛋！"

棉花说："现在讲依法办事，讲真凭实据，你要反人家腐败，你拿得出证据不？"

"证据？他那尾巴，我早就留心抓手上了。说几件近些儿的，上回村里贷款修桥，请上头的领导吃饭，他张世宗顺手牵羊，将一盒好酒两条好烟牵回自己家里；还有上次，他家拖拉机撞坏人，花掉的医药费也来找我报销……我是Q村会计，他村主任搞腐败，绕得过我这关？"

"那你反了他吧，只不过，你们是一条线上的蚂蚱，搞不好，莫连自己也一块儿反了？"

金保又很有滋味地吐了一口烟，嘿嘿干笑两声，慢条斯理地说："我看啊，这回，还得去镇上找咱表舅爷，他是纪检线上的，正是管这事的部门哩。"

说到表舅爷，棉花脸上的笑就像过秋的麦垛一样堆了起来。这表舅爷是棉花娘家的人，在镇里负责纪检工作。金保能攀上这门亲，算来还是沾了她的光。

要找表舅爷办事，棉花立马就帮着忙活起来——表舅爷爱喝家乡擂茶，这东西可香，上回，想生二胎的牛粪媳妇儿送来一大包，一屋子都浮在香里头，现在派上用场了；表舅妈是城里人，五十好几了，还嫩生生像三十岁的人一样，这回找铁四爷要几服山草药，熬汤洗脸，据说还挺神的，城里人稀罕着呢；表舅爷的孙子呢，今年刚考上重点中学，得备个红包鼓励鼓励吧，钱太少拿不出手，千儿八百的，也就够城里小孩儿买个玩具什么的……

算是轻车熟路，第二天傍晚，金保到镇里打点完公事，很轻松就见到了表舅爷。

　　跟上回比，表舅妈脸上的笑容灿烂了许多，看得出来，她对那山草药有着浓厚的兴趣。这样子，金保就感觉找到了一个非常好的反腐败的氛围，心情也格外轻松起来，所以金保跟表舅爷海阔天空地聊起了一些不痛不痒的国际大事，直到表舅妈过来说："金保，难得来一趟镇上，今晚你在这里吃了饭住一晚再回去。"

　　金保琢磨着时机差不多了，就起了身，从公文包里摸出一沓材料，双手呈给表舅爷。

　　金保说："舅爷子，这饭我不吃了，趁天没黑透，我得赶回家，村上的工作紧着哩。"

　　金保又说："这次到镇上，一来看看您，二来是想跟您反映点情况，这些年，想必您也听说了，咱Q村腐败成风，我是看在眼里，急在心里，老早就想整顿这歪风邪气，可村里领导干部带头违纪，你看这就是某些干部贪污腐败的证据，您是镇里的纪检领导，这事，您怎么也得帮咱出面管一管……"

　　表舅爷眯着一对眼睛，侧着耳朵听金保将话讲完，然后随手将材料翻了一下，又翻了一下，搁在一旁的桌子上。表舅爷说："你们村里的事，有群众已经反映过了，我心里大体也有个底，就这样吧，你先回去好好工作吧。"

　　表舅爷一连用了两个"吧"，金保的心从嗓子眼儿落了下来，没再多说什么，回家的路上，将摩托车开得像风一样快。

事情办得差不多了，金保跟棉花安安心心地待在家里，安安心心地等着一场好戏开场。可是等了大半个月，也没见一丝动静，眼看换届选举马上就要进行，金保有点坐不住了，正准备抽空去镇里探探消息，上面下来了一个换届村主任的候选人名单，一共两个，一个是金保，另外一个不是张世宗哩！

这一下，金保总算是神气了，这次辛辛苦苦地反腐败，总算是反出点成绩来了。另外那个候选人，明眼人一瞧，便知道只是个陪衬。论实力，论资历，跟金保比，简直就是羊羔羔儿比大象。可不，接下来的村主任大选，简直就是一场没有悬念的竞争，经过选民投票，金保稳稳当当坐到了张世宗的位置上。

可金保只神气了两三天，接下来发生的事情就让豪情满怀的金保陷入了无边的郁闷里。

那是金保当选村主任的第二天，那一天阳光明媚，金保正踱着惬意的步子，一棵一棵地数着属于自己管辖的Q村的白杨树。这个时候，张世宗从村东头进入了金保的视野里。张世宗像是刚从镇上回来，一副风尘仆仆的模样。他笑眯眯地看着金保，笑眯眯地跟金保说："我刚从镇里开会回来，今晚你安排一个新老村委会的交接，一切从简，下周我要到镇里上班去了。"

张世宗只说了这么两句，就背着手，踌躇满志地向Q村的心脏地带走去。

金保愣了半天，才将手里那支快烧到手指的烟丢到地上，然后狠狠地一脚踩上去。金保说："操你狗日的张世宗，我就不信，我反不了你狗日的腐败！"

回家

大伟在外面打了五年工，为了节省往返路费，五年时间里，大伟咬着牙没回过一次家。近两年，大伟的存折里有了点积蓄，大伟就想回家看看久别的妻子和儿子。

大伟家在农村，妻子是个很好的女人，每隔几个月就打电话给大伟，告诉他家里一切都好。大伟接到电话后总往家里寄点钱，他知道，一个女人家拉扯着一个孩子，在乡下生活不容易。现在儿子该有六岁多了，大伟离家那年，儿子就可以扯着他的裤管咿咿呀呀地叫爸爸了。

搭了一天一夜的火车，大伟终于踏上了那片熟悉的土地。几年没回，家乡都变了样。呼吸着家乡的新鲜空气，五尺多高的汉子禁不住鼻子有点酸酸的。

大伟随着人潮登上火车站的大广场，一群蓬头垢面的小孩一哄而上围了过来，一个个装出一副可怜样，伸出脏乎乎的小手说："好叔叔，好伯伯，行行好，给点钱吧。"

几个衣着时髦的年轻人怒喝着"小丐帮走开走开"，便抽身而走，只有大伟留在那里没动。大伟突然想起了自己的儿子盼盼，盼盼六岁了，一定也长这么高了。想着想着，大伟便从口袋里掏出一把零钞，每个小孩发了一张。

手中的零钞很快发完了，小丐帮们一个个又去纠缠其他乘客。大伟的身边还剩一个小孩，他站在那里，依稀清秀的脸上抹满了污泥，一对眼睛忽闪忽闪地眨个不停。他最后一个向大伟伸出了手，怯生生地说："好大叔，好大伯，行行好吧，给点钱吧。"

大伟的鼻子又有点酸酸的了，他摸了摸自己的口袋，只剩下了几张 50 的 20 的大钞票。大伟犹豫着，用那长满粗茧的手摩挲着钱——这可都是用汗水换来的，整千整百的都存在了银行卡上，余下这近百元是准备给女人和儿子买点东西的。

那个小孩用衣袖擦着鼻子，仍怯生生地望着大伟，一对眼睛忽闪忽闪地眨个不停。他伸出带着泥巴的小手，向着大伟说："好大叔，好大伯，我家没了，我妈也没了，行行好吧，给点钱吧。"

宽宽的广场上起了一点风，风扬起小孩有点显长的头发，也扬起了大伟心中最柔软的那片角落。大伟咬咬牙，从一叠钱中抽出一张 20 元的，狠狠心塞到小孩手里。

小孩迟疑一下，欢跳着走了，大伟的面前空了起来。

大伟看着渐渐走远的小孩，心里被那张黄色的 20 块的钞票扎得生疼：这样的 20 块钱来得可一点也不容易啊！

出了车站，大伟到附近的商场转了转。大伟给女人买了一条水红的裙子——送他出门那天，女人的眼睛被这样的一条裙子粘住了，虽然一句话也没说，但大伟知道，自己的女人穿这裙子一定很漂亮。大伟还给儿子买了一个变形金刚的玩具，城里的小孩都兴玩这个，五年没见，要儿子叫一个"陌生"男人爸爸，还得靠这个哄着哩。

傍晚时分，大伟提着行李出现在了自家门口。家里一切依旧，一个熟悉的身影正在门前的空地上给小孩洗澡。小孩背对着他站在澡盆里，身子瘦瘦的。

女人一边给孩子擦背，一边轻柔地问："盼盼，你是不是学着小豆子他们那样，跟人家说，好大叔，好大伯，行行好吧，给点钱吧。"

小孩轻轻地应了一声："嗯。"

"那你有没有说，我家没了，我妈没了，行行好吧，给点钱吧。"

"说了。"

"你没说我爸没了吧。"

"没有。"小孩脆生生地说。

"盼盼真乖，可不能说你爸没了，盼盼爸在外面赚大钱呢。"女人用毛巾擦干孩子身上的水，说，"盼盼真是个好孩子，一下午就赚 20 块呢，明天咱还上火车站做小丐帮，等攒够了钱，咱叫盼盼爸爸回家……"

这时候，小孩子转过身来，大伟看到孩子的脸显得很清秀，额上有点显长的头发被水舔成一缕一缕的，孩子的一对眼睛正忽闪忽闪地向他眨个不停……

附录：

从素材到作品的距离
——我的小小说创作笔记

《化妆》创作笔记

《化妆》的素材直接来源于《小小说选刊》原副主编寇云峰先生的讲述。断断续续听他讲过几回，情节便逐渐浮现出来：市里有位长得不错的女作家得了绝症，要接受手术治疗，每次手术前她都要化妆，临死前，她还带病主动要求参加作协组织的文学活动。

记得第一次听寇主编讲这个故事时，我的内心有一种莫名的感动。我隐隐约约地觉得，在这个女人身上有一些东西值得我用心去记录，但一时半会儿又说不清到底是什么。过了一年多，2006年夏天的时候，我去参加一个追悼会，这是我第一次与死亡的亲密接触，当时那低沉的音乐、哀怨的氛围、压抑的哭泣给了我很大的震动。回家的路上，寇主编又与我们聊起了女作家的故事，那种莫名的感动再一次在我心中升了起来。我的创作欲望越来越强烈，却苦于找不到一个合适的突破口。

又过了几个月，有同学突然跟我说："某某某跳楼了你知道吗？"这个某某某是我记忆中唯一与我有过"冲突"的人。其实，现在想起来也没什么，小学五年级的时候，因为一件什么小事情（具体是什么事我已经忘了），老师正在讲课，他忽然很大声地骂了我一句。也许他骂的话很难听（具体内容我也忘了），也可能因为教室里很安静，他嗓门儿大，我觉得"很大声"，那一瞬间，我感觉到老师和同学都很奇怪地盯着我，当时我非常难过……从那以后，我就再也没有搭理过这个人，记忆中，他有好几次主动要与我和好，我都没有再理他。我骨子里可能就是这么一个倔脾气的人。但是那一天，听到他跳楼的消息后，我突然觉得很难受，我在想，也许我内心早就原谅他了，可为什么我一直不愿意去消除自己内心对他的反感（说得严重一点，也可以说是仇恨）呢？

不知怎么，我自然而然就把这两件事情糅合到了一块，之后的创作开始变得顺利起来。事后想一想，这两件事情有一个共同点：死亡。这是我为数不多的几次面对死亡的经验，这些感受是那么强烈，它们冲击着我，让我几乎忘记了对语言与叙述的把握。初稿写完，打印出来一看，很多地方都语无伦次，叙述也毫无特色可言，故事也讲得有些拖沓。但它至少是真诚的，创作中，我几乎把自己当成了还在上大学的女生。我失去了一位室友，好像一个很悲伤的故事，而我不愿意它是一个纯粹的悲剧（潜意识里可能有对同学的负罪），于是我加入了一些温暖的东西：去医院看望陆小璐、吴莎莎丢眉笔、大家一块儿用化妆的方式为陆小璐送行。写到最后时，我有些犹豫，用化妆的方式为一个美丽女孩儿送行，这样煽情的结局多少有点"八点档"的味道，会不会让人觉得很做作呢？我试图改过，但实在找不出比这更好的结局来，于是就成了现在这个样子。

创作过程有个插曲值得一提，就是关于校园大环境的选定。刚开始时，我是老老实实地去写一个女作家的故事，而且用的是第三人称的叙述视角，写着写着，实在写不下去了——我对女作家的生活很陌生，而且用第三人称叙述老是拖得很长。于是我就想，要不改成女学生的故事吧，我是从大学里过来的，对女生宿舍的生活多少有些了解，所以就试着让自己"变成"一个女大学生，而且"住"到陆小璐她们的宿舍里去，用一个女生的视角去看待美丽、看待理解，用一颗敏感的心去感受成长、感受死亡，再写，果然就顺畅多了。

《鸡蛋经营的爱情》创作笔记

《鸡蛋经营的爱情》用的是我擅长的"大故事套小故事"的结构，这个小故事本身有点意思，如果摒弃男女两人对话这种"剥蛋壳"的方式，不先揭露送鸡蛋的人是谁，再穿插一些细节，也可能写成一篇很单纯的情感小说。

这个小故事不是我虚构的，它是我有一次看湖南卫视《真情：背后的故事》偶然得到的。故事的男主人公是当年度"感动中国"人物中的一位，在采访中，他讲述了自己的一段爱情经历：他班上一个女生老是偷偷给他送鸡蛋，被他发现后，她便成了他的女朋友。这样的故事很纯情，鸡蛋作为道具设置非常巧妙，一下就牵动了我的心。

但这毕竟不是我的东西，而且我不确定在刚刚出版的关于这个人物的传记里，是不是已经对这段爱情做了生动的描述，于是便到网上去查。没费什么力气，我就找到了这本书，里面没有写到他的爱情。倒是网上一些质疑他的文章吸引了我，其中就有对他爱情故事的质疑，说他是为了吸引关注，自己编造出来的。这种质疑给了我某种启发，我开始假想（呵呵，这个假想有点邪恶）：女人上中学时给男人送鸡蛋，男人发现后，两个人成了恋人，后来结了婚。若干年后，女人发现男人有了外遇，便做了一桌子的鸡蛋早餐，想通过这样的方式去暗示男人"回头是岸"……结局呢，无外乎两种：一种是男人放弃了红杏出墙的念头，重新回归生活的正常轨道，这是理想的结局，当然也是一个俗套的结局；另外一种是男人不为女人的努力所动，坚持与女人离婚，这种结局可能与现实生活更相符，但也有弊端，它容易让读者产生同情女人而憎恨男人的情绪，作品主题容易滑落到对男人的批判上去，这样写的话，就会很浅薄……

在权衡利弊之后，我决定选用第二种结局，同时，为避免主题上的"先入为主"，我将标题定为《鸡蛋经营的爱情》，"经营"两字的意思是想提醒读者在阅读时产生这样的思考：爱情是否可以经营呢？仅仅靠经营能维持爱情的长久吗？诸如此类。

另外，我特别回避了男女两人感情分裂的缘由——到底是什么原因导致两人感情的淡薄？爱情中到底谁对谁错本来就是很难说得清的，不如予以回避，这样，在看了这个离婚事件后，阅读者的情感倾向才不至于出现严重的"一边倒"，有了冷静，思考才可能走得更深更远。

想透彻了，写得自然也流畅了。写完一稿，我统计了一下字数，不到 1400 字，感觉还有点短，于是又想到刚开始构思时想到的另外一种结局，我心里就想，何不学学别人，玩一玩"结构"，也搞一个"结局一""结局二"呢？
二稿很快出来了，两种结局的结构模式让文章内容充实不
少，但我感觉结局一明显是虚构，甚至是违背生活真实的，
它不具备与结局二并列的分量。再改，结局一完了之后，
直接来一个转折，否定它的真实性，紧接着推出结局二。
这种写法也不是什么创新，但它马上有了阅读上的落差，
比起最后简单抛出两个结局的冲击力要大得多。

那天的创作状态整个都很好，从构思到下笔都很顺
利，最后两次修改的调整让我有些惊喜，接下来最后一个
自然段也是这种好感觉的延续。为了强调结局二的真实性，
我加上了那一小段，将故事里的女人指向生活中的"我三
姨"，将故事的幕后讲述者指向更富于真实感的"我"，再
加上三姨见到鸡蛋犯恶心的细节——这个细节是从生活中
来的，有一次，一位朋友来我家吃饭，我炒了一盘苦瓜炒
蛋，鸡蛋很香，苦瓜特别苦，我发现朋友只吃苦瓜，不吃
鸡蛋，一问才知道他从小就不吃鸡蛋，他说鸡蛋有股很大
的腥味，一吃就反胃，想吐，当时觉得蛮好笑，没想到在
这篇作品中不经意就用上了……

《我的网恋手记》创作笔记

据我所知，在小小说创作领域，最早触及网络题材并

有一定建树的作家当属宗利华。他写了两个系列：一个是
"网络关键词"系列，一个是"网事并不如烟"系列，大多
发在《百花园》上，我就是责任编辑。他的这两组作品兼
具深刻与好读，在同类题材中竖立了一个标杆，但我有一
个感受：宗利华笔下的网络世界其实是现实生活的一种投
影，如果我们将他作品中的网络环境剥离出来，换作另外
的某种社会环境，他笔下的这些故事与人物还照样是可以
成立的。

　　我于1998年开始接触网络，那个时候，很多人还以
为电脑只可以用来进行复杂的科学计算。现在，我是对网
络有极强依赖性的千万网民的一分子，我可以几天不喝水，
但如果一天不上网，就觉得难受。网络正日复一日地侵蚀
着我们的工作、生活、情感、理想，我们的一切不停地与
网络发生着千丝万缕的联系，现实生活中的我们与网络世
界里的我们有着同一个载体（身体），但在思想性格、言行
举止、对待生活的态度上又迥然不同，用哲学的观点来打
量，就是现代社会造成了我们的"人格分裂"，但是，这两
个"我们"又有着矛盾的统一。用一个常用的词语来定义，
我们就是所谓行走在网络与现实夹缝里的"e生代"。建立
在这种基础之上，我对网络的感受与宗利华略有不同：或
许它可以从现实生活中找到某些影子式的参照，或许它也

包含了现实生活之种种，但它与现实生活又是截然不同的，它就是一个被单列出来的虚拟的世界。打个通俗的比方，当你在现实生活中受到欺骗，你很可能会气愤，会沮丧，会指责；但在网络世界里，你受到了同样的欺骗，可能连你自己也认为这是最正常不过的。

《我的网恋手记》就源于这样一种思考。我想，我要写一系列网络题材的小小说，但我要写出实实在在的只有在网上才可以存在的故事与人物。写网络题材，当然第一考虑的是网恋。我与我周围生活的朋友大多有过网恋的经历，也见过网友，经历过"见光死""419"，被别人放过鸽子，也放过别人的鸽子，甚至有人被狠狠地骗过，或者狠狠地去骗过别人。花无双和雪落尘的故事就是从我的生活里提取出来的，它不一定发生在我的身上，也不一定发生在某一个人身上，但它们都是真实的，几乎不需要太多的加工。他在网上以不同的身份去追求她，她以几种不同的形象出现在这个人的现实生活与网络世界里。他把感情当成一场精心策划的游戏，无所谓结局；她把身体当成一个欲望的舞池，而又止于欲望。一切都是虚假的，像一部冒着肥皂泡的华丽电影；但一切又都是真实的，它离我们是如此之近，彼此可以互相触摸，永远不会相爱。如果爱情悄然产生，那就不再是网络，恭喜你们已经回归到了现实的尘世。

在创作这个系列时，我格外冷静。我告诉自己：现成的故事已经让人有了很多的期待，叙述就一定要随意，越是平缓，越是从容，最后给予阅读者的惊喜就会越多。至于结尾，还是创作过程中的偶然所得，可能也缘于我与生俱来的对逻辑的一种敏感，理性的思考常常会对形象思维的生动传神产生致命的扼杀，但是适当利用，有时会增加很多智性的光芒。

《发生》创作笔记

关于《发生》的创作，还是有故事可讲的。没有来过杂志社、没有做过编辑的人可能会以为当期刊编辑是一件很有意思的事情。其实不然，天天面对的大多是半生不熟的作品，天天接听的都是千篇一律的电话，还有让你头疼枯燥的一遍又一遍的刊物校对……刚开始可能会满怀激情，日子久了，真的就是靠责任感和编辑职业的"良心"来支撑了。

在郑州市文联这幢小楼里，我很长时间与同事田双伶在一间办公室，是编辑部楼层最角落的那一间，编辑们平时不经常串门，我跟双伶早晨见面，连抬头看一眼也懒得看，更别说互相问个好，或者说句"今天你穿得好漂亮"之类的客套话了。整个楼层的过道里静悄悄的，其他同事都关着门、埋着头各忙各的事。有一天，我面对着笔记本发起了呆，我心里想，我是渴望平静生活的，但这日子过得也真的太安静了，哪怕发生点什么事情也好啊。

那一天，这种情绪就一直占领着我的头脑。上网的时候，我在想，今天会不会发生像"9·11"那样的恐怖事件呢？翻翻新浪博客的头题，结果还是那几个明星的绯闻不青不红地在那儿挂着呢。下班推自行车的时候，我在想，这自行车骑到半路上，如果车轮子突然变成了方的，该多有意思。这样的奇迹好像从来都不会出现在我这种普通人的身上。到晚上，陪朋友吃饭逛街，我跟他一块儿埋怨："天天到街上逛，也没见哪个美女跑过来问我们要电话号码……"

这种情绪一直蔓延。第二天上班，我将这种感觉与双伶分享，没想到她也深有同感地叹起气来："是啊是啊，如果能发生点什么事情，日子就不会过得这么闷了。"

日子还是这么闷闷地过着，什么也没有发生，我的创作却增加了新的篇目，我将这种或许是现代都市特有的情绪在《发生》中尽情渲染。海豚酒吧，就开在我很多作品里提到的海豚路上的某个拐角处；百花园杂志社所在的文联大楼，一楼曾经分别租给一家超市和一个银行（后来变成了两个银行）；刚来杂志社的时候，就听同事说起过原来一楼曾经有过一场火灾；持枪抢劫的情节，在警匪片里俯拾皆是；郑州市区中央的人民公园两个大门，我曾经与朋友约好在公园门口见，结果两人分别去了不同的大门；曾经在家里找出来一块大石头，样子有点怪怪的，就傻傻地想，要是古董该多好啊……一种公共的情绪加上这些随手拈来的零零散散的生活碎片，《发生》写得很顺手，几乎不需要什么修改。

　　也许有人要问，作品中弥漫的这种情绪完全可以与爱情无关的，为什么一定要选择爱情来作为生发点呢？有两个原因：拿爱情开涮似乎是我那一段时间最拿手的创作主题；另外，那时我正阴谋着要创作一个叫作"爱情词典"的系列小小说（想法很好，但没有坚持）。这样就能很好地理解作品开头的那段话了："是不是所有的爱情都是这样：一个人的时候，我们会感到无聊，于是我们便去寻找另外一个同样无聊的人。可是我们没有想到，两个人的时候，我们还是会一样无聊，于是我们只好分手。"这真的不是作品的主题，一篇小小说，能在开头就这么明白地将主题表述出来吗？这只是我想将《发生》往"爱情"靠拢的一种努力，后来"爱情词典"系列"流产"了，我想过要改，但再看时，觉得还比较符合现代流行小说的写法，也无伤大雅，就不了了之，成了现在这副模样。

《流浪猫公社》创作笔记

有一段时间，我集中创作了一批略带小资情调和时尚色彩的都市题材的小小说，如《更多的人死于心碎》《一个单身女人的爱情味觉》《爱上唐小糖》《我的网恋手记》《祝福我的情敌王小皮》和《流浪猫公社》等，这批作品为我带来了不错的创作状态和不少关注的目光，当然也包括一些非议。

《纪念日》出版后，我看到论坛上有人在善意地批评或者说提醒我，说我没有坚持前期作品中对社会、对现实的批判精神。当时我没有辩解，作为一个编辑，我的写作意图可能会与纯粹的作者有很大的不同，当然，我不能左右大家都来理解并支持我的某些观点，但大家也无法阻止我说出内心某些真实的想法。

可能因为在农村长大的缘故，我的小小说创作是从乡土题材开始的，大学毕业后到机关工作，便加入了一些机关题材的作品。这两类题材，比较成熟的是"Q村"系列和"平凡人物李四"系列，是它们给了我继续坚持小小说创作的信心。但在做了编辑之后，我发现，太多的投稿都是乡土题材和官场题材，而这其中的大部分都题材重复、构思雷同、立意浅显，说实话，有一段时间，一见到乡土题材和官场题材的投稿，我的头就晕。就是在这样的情况下，我强迫自己放弃熟悉的乡村和机关题材，转向多少有些陌生的都市情感题材。为了体验生活，我开始慨然接受朋友的邀请，泡酒吧迪厅，进健身房，参加派对，看新潮的杂志和网络咨讯，试着接受一些时尚的生活方式。同时，我也开始自觉地改变自己的叙事模式，并在作品结构、主题等方面进行多元的尝试。

当然，这并不是我生活的真相，我的骨子里还是很乡土、很传统的，我很难真正地融入他们的生活，但这种开放式的生活与创作方式为我带来了一些新的可能。

扯得有点远了，还是来说《流浪猫公社》。最开始，我是想写一篇与宠物相关的都市情感题材的作品。故事基本上已经成型：男人因为不喜欢宠物，与女人分手，女人离开后，发起成立了一家收留被弃宠物的网站，男人知道后，开始理解了女人，并与女人重归于好。老实说，很俗气的故事，所以一直没有动笔。后来一个偶然的机会，《小小说选刊》让我为蔡丽娟的作品《流浪猫》写点评，我看了作品后，觉得故事有些眼熟，怀疑是抄袭，就去百度上搜索，类似的作品没有搜到，倒是搜到了一个"流浪猫试听——爱乐公社"的网页，原来有一首叫作《流浪猫》的歌，有一个叫作"爱乐公社"的网站里收录了这首歌，第一眼看到这行字的时候，我眼前一亮，"流浪猫公社"在我的脑海里一闪而过。"公社"这个词曾经在我奶奶的嘴里不停地蹦出来，她说"村"的时候老是表述成"公社"，我小时候不停地纠正她，可她一说到"村"时，还是不自觉地说成了"公社"，所以我对"公社"这个词特别敏感，可能就是这种敏感触发了我的想象，我觉得用"流浪猫公社"来作为一个收养被弃流浪猫的网站很贴切，也很有意思。当时我特别兴奋，有了这个别具一格的名字，我原来构想的俗气的故事也可能闪烁出别样的光彩来。

再后来，《纪念日》出版之后，有网友提出质疑：猫在白天一般都睡大觉，就算偶尔活动也是两眼无神；只有到晚上才精神百倍，眼睛发光。老实说，我不喜欢养猫养狗养小宠物，对猫的生活习性不太了解，但我知道他说得没错，多少有些遗憾吧。不过，我又自我安慰：当一只猫进入了文学作品，就算是有生命、有性格、有思想的人物形象了，为了文学情感表达的需要，就算让一只猫白天出来蹦两蹦也未尝不可啊。《加菲猫》里的那只大肥猫不是还挺有幽默感的吗？呵呵。算是一种诡辩吧。不过事情还真有些离谱，今年春节回家，我家里添养了一只猫，妈妈说是别人送的。我特意用心观察了几天，这猫白天也精神得不行，天天跟在我后面晃来晃去的，家里也没老鼠可抓，一到晚上就趴在沙发上呼呼大睡，大家都说它像狗一样，很奇怪，真是长见识了。

《纪念日》创作笔记

《纪念日》是我所谓"爱情词典"系列的第二篇，也是最后一篇。

最初的想法是要写一组爱情题材的小小说，然后分为"形容词""动词""名词""副词""助词"等几个小辑，如《发生》可以归入"动词"类，《纪念日》可以归入"名词"类。在写了两篇之后，我感觉有点不对劲，不是对作品不满意，而是作品写出来后，才发现不知不觉已经走远了，偏离了爱情的主题轨道。

在我有意尝试追求叙事结构的创作中，《纪念日》是比较令我满意的一篇。为了写这个作品，我将原本想写的好几个题材都搭了进去——"初恋"一节，如果换了琼瑶阿姨来写，估计也会唯美纯情；"出轨"和"私奔"两节合一，可以很好地探讨一下关于婚姻的问题；"初见""消失"等节也完全可以独立成篇。老实说，在不到 2000 字的篇幅里，能把这么多的内容"安排"进去，我自己也颇感欣喜。想一想，也许因为前几个月经历了《一条红丝巾》在内容与结构矛盾方面的痛苦煎熬，才会有《纪念日》创作时的意外收获吧。

那么，《纪念日》比《一条红丝巾》在结构上到底有什么样的优势呢？

首先，《一条红丝巾》采取的是"线性叙事"（以时间轴为中心），无论你如何熟练地使用倒叙、插叙、补叙等，到最后，还是要求有一个相对完整和连贯的情节，而且要求将故事的前因后果讲明白，一两千字内，要想将一个较为复杂的故事讲得轻松自如，就不免捉襟见肘了。相对《一条红丝巾》来说，《纪念日》采取的是"点性叙事"（好像没有这个词？只是相对"线性叙事"而言，个人觉得叫"散点式叙事"更为贴切，一般以人物与地点的转换为中心），这种结构的好处是正好打破"线性叙事"在情节连贯性上的要求限制，可以有意识地在这种"点"与"点"的转换中省略掉部分情节（留白），但"点"与"点"之间又互相呼应（如"出轨"与"私奔"相呼应，"结婚"与"灾难"相呼应，而"灾难"又与"消失"相呼应，所有的章节都通过"纪念日"串联起来），这样就给我的叙述留下了更多可以自由发挥的空间。

其次，我觉得《纪念日》在叙述上也有自己的特色。在创作《纪念日》时，我正好集中阅读几位当红网络作家的作品，他们的叙事与传统的叙事有所不同：多了很多的随性，不注重细节提炼，经常有主观色彩很浓的评述性语句穿插其中，这样叙事的好处是能在不经意中产生叙述"增容"。这一点我受了他们的影响，在《纪念日》中，经常可以见到一些类似风格的句子，最典型的就是结尾："他们都没有过度悲伤，因为他们没有确认他和她已经遇难，而且，虽然俩人消失的时间很短，但过程却很长，长得有足够的时间来冲淡他和她的消失本来应该带来的悲伤。"在我的作品中，这是我最喜欢的一个结尾。

说到底，《纪念日》是很取巧的，如果没有以不同类型的几种"纪念日"来将内容划分为几个部分，每个部分再分成相互关联的两个小节，全文还是会一盘散沙。所以，其实《纪念日》是一次技巧的挑战，也许它会达到我个人创作在技术层面上一个很难逾越的高度，但它只能是唯一的，写多了，或者将这样的创作当成是终极的追求，迟早会走火入魔的。

正如大家所看到的，即便有了这般那般的努力，《纪念日》还是不可避免地给阅读者带来了理解上的障碍，好几位朋友都在网上大喊看了几遍也看不懂，我能说的就是建议你再多看几遍，或者打印出来，在纸面上慢慢去体会。

这个笔记写到一半，我接到了奚同发的电话。他告诉我很喜欢《化妆》，我说这是一个有争议的作品，他兴致勃勃地与我谈起了"阅读层面"的话题，大体是说由于种种原因，不同的读者层可能对同一篇作品的接受反馈也完全不一样。就我的作品而言，有人喜欢《鲜花》，有人喜欢《怎么证明自己还活着》，有人喜欢《我的网恋手记》，也有人喜欢《化妆》，不一而足；相反，可能对其他的作品则颇有微词——这是令我开心，也令我苦恼的一件事，听同发那么一说，我心里也便释然了。

《分手定律》创作笔记

关于小小说创作的故事还在继续。2005年，我到郑州两年，慢慢地，已经有了自己的朋友圈。这其中的一个圈子是属于比较时尚、新潮和另类的一簇。躁动、迷茫、燃烧的身体、泛滥的情欲，他们的周围氤氲着过剩的荷尔蒙与青春的力比多混合的味道，他们的脸上没有忧伤，而是清一色的欲望。

"欲望都市"系列就成型于那一段时间。经常在网上看欧美流行电视剧的朋友可能已经发现了，"欲望都市"不是我的创造，而是一部非常火的美剧的名字。那段时间，我接受朋友的建议，在互联网上找到了这部长达好几十集的电视剧，刚看几集时，为美国文化的大胆开放、幽默风趣所吸引，但看了几集后，便开始厌烦了那几个天天无所事事、脑袋里只装着性的女人。一并删了，然后开始异想天开，在我们的周围，在这个城市里，不也到处流淌着欲望吗？不管是不是受了西方文化的影响，我们对待爱情、对待婚姻、对待性的观念不是也一天一天地在改变吗？把这种变化好好地影印下来，写成系列，也许就是一部中国式的《欲望都市》了，或许会更符合我们东方人的胃口呢。

于是就开始了。"分手定律"是现成的，看完《欲望都市》前几集，我记住了唯一的一句台词："忘掉你的旧情人需要你与他交往时间的一半。"反正也不是什么科学研究，"分手定律"无非是一种自我安慰，或者是一种不愿意面对现实的借口，所以，这个时间是一半，或者是一倍，或者是三分之一、四分之一，不同的人可能有不同的体会。但是，这种将情感解析为算术题一样的行为能给我带来新鲜的感觉，所以看到这句台词时，我就想到了我的朋友当中发生的一些故事，觉得它们之间有着很微妙的联系，创作的念头蠢蠢欲动。

故事呢，也有很多现成的可选，有看到的，也有听到的，与一天一集的都市泡沫情感剧别无二致。最后选择了苏小鱼、森、Jesan 和"我"的故事，基本上是从生活中照搬过来的：A 和 B 都是我的朋友，她们已经有了男朋友，分别叫 C 和 D。有一段，A 和 B 先后发短信告诉我与男朋友分手了，而且已经换了新的男朋友。后来见面，我觉得特别惊讶，原来 A 的新男友竟然是 B 的前男友，也就是 D；而 B 的新男友也就是 A 的旧相好 C。更让我不解的是，他们四个人见面了，该问好还问好，该开玩笑还开玩笑，一脸的心安理得，看不出半点的尴尬。倒是我在一边尴尬不已，唏嘘不已。现在回过头再去看，也不见得就是真爱，因为她俩又经历了几次分手，很久没有联系，也不知道现在是跟谁在一起了。

　　人物关系并不复杂，情节也没什么悬念，一路往下写，意料之外的顺利，后来再回想，虽然故事是别人的，但感觉却绝对是自己的——如果与朋友分手，我可能会半夜的时候给好友打电话，也可能一夜一夜地泡酒吧，任那杂乱的音乐灌满我的耳朵，我不会喝酒，就那么清醒地想一些明知道没有答案的问题。然后会试图忘记，这个过程总是很长，直到会有另外一个人出现来割断我的记忆。

　　所以，在那种貌似小资和时尚的氛围里，最后，作品中的"我"还是回归传统，虽然森以他的细心轻轻地抚平了"我"心底的伤痛，"我"也似乎一天一天地接受了森，但是当"我"知道真相，最后还是会茫然追问："可是你呢，森，你是不是真的已经忘了苏小鱼？"答案是什么，"我"不知道，我也不知道。也许，只有在这一瞬间，现实中的我与小说里的"我"才会慢慢重叠起来——哪怕爱情到最后堕落成为一种游戏，但那长留在心底的失去爱的感觉还是一碰就痛。

客观叙事、大主题书写以及其他
——《如果猫会数数》创作笔记

　　《如果猫会数数》创作于 2020 年 3 月 28 日，我从那天早晨开始构思，先厘清时间线与人物关系，下午 4 点动笔，到 6 点多完成一稿，晚上陆陆续续改了不下二十遍，到凌晨 2 点多定稿，第二天在微信公众号"我们都爱短故事"上发布，感觉还有一些地方不满意，于是，听了"短故事交流群"一些朋友的意见，又请《小小说选刊》《百花园》的几位编辑同人一起"会诊"，之后再将稿子打印出来，逐字逐句改了好几遍，4 月 4 日在"短故事"公号上重新推送了一个"清明版"——实际上是原稿与修改稿的对照版本。

　　有人会问，一篇不到 2000 字的小小说，有必要写那么用心、那么费劲吗？确实没有必要，说到底，还是我的"职业病"在作祟。比如说我经常会拖着家人、朋友、同事来品评自己的作品，还经常利用个人便利、占用公共资源来组织讨论，也不管别人喜不喜欢、高不高兴，说起来还挺惭愧的。但是，在这个过程中，会引发一些争鸣，擦出一些火花，蹦出一些新奇的想法——创作本身是感性的，但经过思考的淬炼之后，可以变得理性起来。在此之前，我曾为部分作品写过系列"创作笔记"，还专门做过整理，有三四万字的样子，其中有一些被我做成 PPT 课件，也就是后来的《从素材到作品的距离》。

可能我这人天生就爱折腾，在《如果猫会数数》"清明版"（修改对照版）之外，我还写了一个"精读版"，一方面将自己在创作前后的思考与创作完成后的阅读感受记下来，当然难免有"敝帚自珍"甚至"王婆卖瓜"之嫌；另一方面，也融入了修改过程中与朋友、同事们的交流体会，他们的提点与理解对我的创作帮助很大，为此我特别整理下来，并将它作为这篇创作笔记的附录。

我曾经说过，在创作上我肯定比不上很多作者，他们真的是写得又快又好，但对于小小说创作的思考，我有可能比他们中的大部分人会走得更远一些。同样地，我感觉这篇创作笔记的价值远远高于作品本身的价值，在我眼里，它完全有可能会成为小小说"细阅读"的一个经典案例，是值得大家一起来研究与探讨的。所以，我愿意再折腾一次，将它们分享出来。

一、灵感来源

也许冥冥之中自有安排，我会在今年清明节前夕写出《如果猫会数数》。

这篇作品的题材来源于某些真实的生活片段：我爷爷去世那年，我爸八岁，我叔六岁。奶奶年轻守寡，拖着一堆儿孙苦了大半辈子，眼泪都熬干了，五十多岁眼睛就看不见东西了。奶奶很少提及爷爷的过往，只说他是病死的，直到她去世多年之后，我妈有一回聊起旧事，说到爷爷是饿死的（具体哪一年不太清楚），当时我非常惊讶——为什么奶奶要隐瞒这个事实呢？难道相比较饿死而言，病死更容易让人接受一些？

我是随奶奶长大的，那会儿爸妈都忙，家里人多顾不上，我吃睡都跟奶奶在一处，所以跟她感情极深。让人遗憾的是，她去世那段时间正逢我高二会考，家里怕影响我考试，便没有通知我，连最后的告别都没让我参加。考试过后补了一个月课，我放假回家，得知奶奶不在的消息，一下子瘫倒在地上，好多天都没缓过神来。从此之后，这就成了我的一个心结，到现在我还经常梦到奶奶，有时在梦中还会号啕大哭。直到这篇作品写完我才意识到，我在文中设置了一个长长的告别的场景，可能就是在向离开我二十多年的祖母说再见，这也算是了却了自己的一桩心事吧。

就是这样一个题材，我放在心里起码有两三年时间了，但苦于找不到突破口，直到最近发生了两件事。

一件是大家都知道的新冠肺炎疫情。有一段时间，我每天早晨醒来的第一件事情就是上网查看国内最新的确诊病例。那个数字一直在变，从几百到几千到几万；死亡人数也一直在变，从几百到上千，再到两三千。说实话，我对数字并不敏感，不管怎么变，它终归只是一个数字而已。直到有一天，我在微博上看到一则报道，具体内容我记不太清了，大概是讲一位武汉的编剧，春节前后，他的家人出现交叉感染，大年初二，他爸走了，过两天，他妈走了，紧接着，他姐也走了，然后就轮到了他，他妻子也在隔离治疗中，他儿子因在国外留学才幸免于难……看到这则消息的时候，我才突然感觉到一种莫大的悲伤，一个家庭几近灭绝的悲剧带给我心灵上的冲击远远超过那个每天都在上升的数字。这种感受让我在创作这篇作品时加入了更多的虚构：文中的祖母不仅失去丈夫，失去两个孩子，还失去了她全部的娘家人，这样的悲惨经历，放谁身上都是难以承受之痛。

但有这些还不够，最后激起我创作冲动的是另外一件事：3月初的一天上午，我家猫没有迹象就生产了。猫是朋友送的，之前产过一胎，只生了一只。这是第二胎，一下生了三只，本来是让人高兴的一件事。但也是在那天中午，我听到一位好友突然离世的消息，一连好几天都沉浸在悲痛当中。接下来的第二天、第三天，三只小猫中有两只相继夭亡，发现的时候，小猫被压在大猫身下，身子都压扁了，而且，虽然在此过程中我曾几度落泪，却不见大猫有多么悲伤——我还专门做了测试，我将那只幸存的小猫藏起来，大猫会急得团团转，还会一边叫唤，一边寻觅。当时我就想，猫是不是不会数数？它有母亲的天性，孩子不见时知道四处寻找，但至于有几个孩子、孩子什么时候多了少了，它并不介意。就是这样，我在手机上记下了几个字：如果猫会数数。

所以说，从素材到作品的距离是一次奇妙的旅行。好素材可遇而不可求，面对一个好素材，我们需要多一点耐心，多一点等待，千万不要信手将就付之笔下，一定要细细揣摩，处处留心，通过比较与思考来打通素材与素材之间的通道，最后找到内容与形式的最佳结合点。

二、场景描写

最近一段时间，我在重读《红楼梦》。当然不是干巴巴地啃原著，那样重读红楼容易乏味。去年的时候，我买了一套《白先勇细说红楼梦》，一直没顾上看，这次疫情将人关在家里，才将书翻出来，对照原文一章一章地读。

白先勇首先是一位作家，然后才是一个教授。他的作品我都喜欢，他骨子里对中国传统文化的那种领悟是很多人怎么都模仿不来的。他对《红楼梦》的解读，有些观点我也不认同，但他关于创作细部的一些研究，比如对场景、人物、细节的关注，对伏笔、铺垫、照应的把握，于我的创作而言还是很有启发的。

他有一段讲到了《红楼梦》的客观叙事。比如说写大场景，举大观园做例子，曹雪芹并没有直接去描写大观园有哪些园子，有哪些亭台楼阁，有哪些奇花异草，而是让贾政率领众清客与宝玉去园内巡视题咏，一景一物、一草一木都是随政老爷与宝玉的视角涌现出来的。除此之外，在后面的章节里，作者又让贾母当导游，由荣国府一众女眷陪着刘姥姥游了一回大观园。这是另外一个视角，一个乡下老太太眼中的大观园自然是无一处不新奇的。大观园的景物很难以作者的视角去进行主观的描述，就算写上成千上万字，写得再详细，我们可能还是记不住，但通过贾政、贾宝玉和刘姥姥的眼睛，随着他们逛两回园子，对园子各处自然也会熟悉起来。当然后面还有，当黛玉去世贾府衰败之后，宝玉再进大观园时，那自然又是另外一番景象了。

在创作《如果猫会数数》时，我也想到了这一层。祖母的人生遭遇太苦了，如果直接去写她经历的那些事，真的不知该怎么描述，就算勉强写出来，也不会有读者喜欢，谁会喜欢看一个女人丈夫饿死了、孩子饿死了，娘家全族也饿死了的故事呢？这就需要找到一个合适的视角人物，于是冬生出现了。通过冬生的所见所闻，层层剥茧，一步一步引导读者进入祖母的故事中去。冬生就是我们的导游，边上围着几个叔伯与一群媳妇，豆子在一边淘着气，还有一只不停耍酷的猫，在这样的氛围中去写祖母的悲惨遭遇比直接书写祖母的命运要巧妙得多，也更容易引起读者的共鸣。

再比如说写小场景，曹雪芹真是场景调度的高手，小场景同样能写得趣味盎然。也举一例，刘姥姥第一次进大观园，要见凤姐了：你看这凤姐，不接茶（平儿那会儿给她端茶来了），也不抬头，手里捧个暖炉，慢慢地拨着那炉灰，嘴里说了一句，我还有二十两银子，本来是给我丫头做衣服的，现在拿来给你吧。那腔调，那架势，那轻蔑样儿，真正是做足了的。当然她也客气了几句，大意是讲如今贾府不比从前了之类。刘姥姥见到二十两银子，乐得嘴都合不拢了，也不管凤姐怎么装着端着，只说了一句话，她认为是奉承话，但听来还真不是那么回事。姥姥是这么说的："……但俗语说的，瘦死的骆驼比马大，凭他怎样，你老拔根寒毛比我们的腰还粗。"你看看这场景，本来凤姐高高在上，装腔作势，要是一直让她这么装下去，是很无聊的，刘姥姥无心回了这么一句，整个场面就变生动了，我们读到这里，也会觉得有趣起来。

在我的这篇作品中也用到了类似的一些手法。

第一场戏，祖母身体不太见好，大伯也说"不中用了"，冬生只觉得"鼻子一酸"，这种氛围是有点凝重的，结果豆子在外面喊"猫咪快生宝宝了"，冬生的注意力就从对祖母身体的担忧转移到猫身上去了。当然，读者的注意力也会发生相应的转移，紧张情绪也随之放松。

第二场戏中，祖母开始说起胡话来，又是地震，又是老鼠精，又是囤粮食的，要是一直说胡话就没个头了，这个时候需要转一转，在冬生的安抚下，祖母安静下来，猫叫声出现，故事从祖母讲胡话自然转到搬猫窝的事上去。这个时候，冬生还说了一句俏皮话："猫穿着大毛袄子，不怕冷。"这样的句子不仅能调节气氛，改变叙述节奏，增加阅读趣味，而且，天气冷了，猫与人都"穿"着大毛袄子，人与猫的"通感"为接下来故事的发展也埋下了伏笔。

第三场戏就更为明显了，一家子正跟老祖母告别，大家都很伤心，但那时祖母还没走呢，谁也不敢哭出声来，当时的场面是有些压抑的，而且祖母的经历那么惨，读者跟作品中的人物一样，也是被压抑着的。这个时候，又是豆子出来了，大家都忍住哭声的时候，豆子在屋外放声大哭起来。豆子的哭正好打破了原有的压抑氛围，场景有了变化，就如同一潭死水中投入一颗石子。这一忍一放，文学趣味就出来了。

客观叙事，也叫"零度叙事"，指的是尽量将作者的主观感情色彩隐藏起来，以客观展现为主，你轻易看不到作者的倾向性。但是，叙述语言可以客观，可以"零温度"，作品中的人物与人物之间却不能没有温度，尤其像冬生他们这么和谐的一家人。这样，就需要在客观叙事之中插入一些有温度的细节。比如说，给老祖母换上早就"偷偷"备好的素服（寿衣），这个"偷偷"是有温度的。再比如说，给祖母倒了一杯"半温"的水来，这个"半温"也是有温度的。

三、人物塑造

与客观叙事相对应的是主观叙事，这两种叙事方式没有优劣之分，就看哪一种叙事方式更适合我们笔下的故事。

除场景之外，客观叙事还主要体现在写人方面。

先打个比方，我们有一些作者习惯用交代式的叙事方法，一开头先将主人公的身份年龄、面部特征、衣着打扮描绘一通，甚至再写写这人性格怎样、品行怎样，等等。这样的写法属于比较笨的主观叙事。首先，不需要一下说完，你一下全说完了，人物就没有神秘感了，就像是被打上了标签的木头人，为什么不能让人物随着故事的推进，一点一点来揭开脸上的面纱，让人物形象慢慢从模糊变得清晰起来呢？其次，作者最好也不要带着情绪与倾向去对人物进行直接描写，这样的描写往往是不可信的，作者越是藏不住，作品中人物的言行就越容易露出马脚。最好的作者都躲在文字背后，然后向作品中的其他人物发出指令，通过他们的眼睛和耳朵去观察、去聆听，从各个不同的角度慢慢地丰富主人公的形象，让主要人物一步一步变得立体起来。

《红楼梦》中这样的例子太多了，比如说林黛玉，作者开始并没有直接去描写她，没有主观地说她多漂亮、多有才华，身体是多么柔弱等，而是从贾雨村的眼中、贾母的眼中、凤姐的眼中、宝玉的眼中，一点点将黛玉的形象勾勒出来，再通过黛玉与荣国府中众人之间的互动，主要是与宝玉的你猜我忌、与宝钗的斗嘴斗诗等来展开她的性格与命运。

所以，我写祖母这个形象时，也尽量避免正面的直接描写，而是通过冬生的眼睛、大伯的嘴，通过祖母与冬生的互动、与一众子女的告别，再通过猫的对照对应，通过整个家族氛围的营造，一点一点地来塑造和打磨祖母的形象，到最后，你会发现，文中好像处处在写其他，但又处处都是围绕祖母来写的。

再说说人物的出场。冬生这个人物是作品的视角人物和线索人物，要是按传统叙事方式，一开头，就应该先介绍一下冬生的年龄与身份，二十来岁的小伙，在北京上大学，还挺有出息的，之类。客观叙事就不需要这样一上来就介绍完，而是随着故事的展开，让人物自己一步一步走向舞台中央。接下来，再由冬生听到豆子喊话引出豆子的出场，由豆子喊话引出猫的出场，这样就会自然一些，而且可以省略很多交代性的文字。

对话是人物塑造的重要手段，有时还能起到推动情节发展的作用。人物对话是小小说创作的难点之一，怎样才能写好对话，我自己总结了几点经验。

第一，要尽量口语化。叙述可以用书面语言，人物对话最好能接地气一些，多使用口语，适量加入方言还能增加地域色彩和烟火味。

第二，如果不是为塑造人物需要，小小说的对话要尽量简洁一点。说有用的话，说能体现作者创作意图的话，无用的话少一些。日常生活中的对话是很啰唆的，因为话说过去就没法儿再"回放"，我们总是为了得到对方的理解而不厌其烦地强调与反复。小小说的对话其实质是印在纸上的文字，对话一旦印到纸上，就可以随时"暂停"，也可以自由"回放"，所以纸上的对话可以简洁一些，有时还会故意跳着讲，或者两三句话合成一句讲，只要不影响读者理解就好。这可能是小小说与长小说不同的地方，也是电影和电视剧不同的地方。

第三，个性。人物个性主要体现在言行上，一个人怎么样说话，就决定了他是怎么样的一个人。这里所说的个性可以包括人物的性别、年龄、身份、地域、学识、性格、思想等要素。所以，创作开始先做人物设定很重要。至于到了创作过程中，依我的经验，就是要学会角色扮演，一人分饰多角，试着去扮演作品中不同的角色，模仿他们说话的语气语调。这样，作品中的人物说话就像是他们自己在说话一样。

第四，少用间接引用，慎用全对话来推动情节。间接引用，尤其表述为"他说他如何如何"形式的间接引用，很容易让对话流于同一个腔调，其实也就是作者自己习惯的腔调，这样的人物怎么会有自己的个性？推动情节发展本来就是对话的基本功能之一，但是，要慎重使用全对话的方式来推动情节发展，对话与叙述交错开来，才能产生叙述上的错落美。如果我们稍微懂一点美学，就知道怎么去处理叙述与对话的关系了。

第五，要注重细节，比如"某某说"是放在对话内容前面、中间，还是后面，哪些情况之下可以省略掉"某某说"，哪些情况需要用引号，哪些情况最好不用，等等，这都是细活。最后我个人比较厌烦一点，不要在每一处"某某说"的"说"之前都缀一个形容词（状语），比如说，笑着说、大声说、哭丧着脸说、轻蔑地说、觑着脸说、恨恨地说，等等。大多数的对话内容本身就包含有人物的表情与态度，每说一句话都加一个状语，真的没有必要，读起来也会很累。

四、大主题书写

小小说到底能不能写大题材、大主题？这是我近年来在创作上一直在思考的问题。先解释一句，我说的大题材、大主题不是主旋律题材，也不是重大历史题材——当然可以包括它们在内，我是指那些相对复杂的故事讲述、相对深奥的意义表达。小小说不应该只有单纯通透，它可能最擅长表达单一的人物、简单的故事，但不要将它限定下来，它就是只能写这些，只能这样写——我一直固执地认为，除了"篇幅短小"与"具备小说性"两个要求之外，对这种文体做出的任何其他限制都是对文体本身的一种伤害，都会阻碍文体更长远的发展。

从我自己的创作轨迹来看，最早我写《纪念日》《一条红丝巾》，如今看来只能算是不太成功的试探；后来我写《化妆》，典型的多主题叙事，写《听我讲两段关于春运的故事》，我自嘲为"套娃叙事"，从那时开始才慢慢形成自己的风格；最近两年，我又尝试过《虚构》的不确定叙事、《最会讲故事的人》的复调式叙事、《耳洞·青春痘·自然卷》的多视角叙事等，最后得出一个结论：小小说也是可以写大题材、大主题的，尽管它不可能会成为主流，尽管它对于写作者的专业素养要求会更高——它需要我们拥有一定的叙事策略，具备更高层级的对语言的把控能力，但它确实是可以写的，也有越来越多的朋友开始了这样的创作，比如说短故事的几位发起人，再比如说谢志强、于心亮、水鬼、岱原、汉家等，他们致力于探索小小说文本"小"与"大"、"薄"与"厚"、"浅"与"深"的辩证关系，试图打通"小小说"与"长小说"的界限，在拓宽小小说文体内涵、彰显小小说"小说性"方面做出了一定的努力。

　　说回到《如果猫会数数》，在创作之前，我先画下了两幅图，一幅是时间线设定（见图示1），一幅是人物关系设定（见图示2）。时间前后六十年，出场人物16个，整整跨越一个时代和两三代人相同或不同的命运，要放到一篇小小说的长度里，我觉得是不可能完成的任务。经过一段时间的调整后，我又画下了第三幅图，也就是作品的场景设定（见图示3），将之前的时间线隐藏起来，将祖母悲惨的人生经历也隐藏起来，然后将冬生设置为视角人物，通过他的所见所闻去一层一层剥开历史的外衣，这幅图画下来，我就知道这作品是能成了。

　　除了隐藏的时间线与故事线之外，这篇作品能够顺利创作完成，还有赖于几个非常重要的因素。

　　一是猫与人的相互呼应。我们知道，有一种修辞叫"互文"，在古诗词中很常见。作品中的猫与人就好比"互文"的关系。由猫到人，由人及猫，在叙述的不停转换中，猫与人交互出现又互为呼应，写猫就是写人，写人亦是写猫。如果没有猫的加入，作品的叙述节奏就不会这么舒缓，美感与内涵也会大打折扣。而且，有些不适合放到人身上去写的东西可以放到猫身上来写。

　　二是虚与实的互为补充。在创作中，我特意安排了

图示 1：时间线设定

（以祖母与冬生的人生经历为轴心）

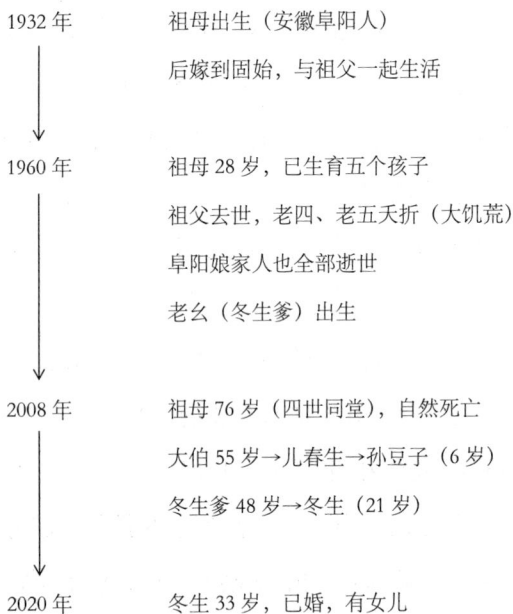

1932 年　　　祖母出生（安徽阜阳人）

后嫁到固始，与祖父一起生活

1960 年　　　祖母 28 岁，已生育五个孩子

祖父去世，老四、老五夭折（大饥荒）

阜阳娘家人也全部逝世

老幺（冬生爹）出生

2008 年　　　祖母 76 岁（四世同堂），自然死亡

大伯 55 岁→儿春生→孙豆子（6 岁）

冬生爹 48 岁→冬生（21 岁）

2020 年　　　冬生 33 岁，已婚，有女儿

后面三年都是鼠年，后变更为隐藏的时间线与故事线

图示 2：人物关系设定

（以冬生为视角人物，祖母为主轴人物）

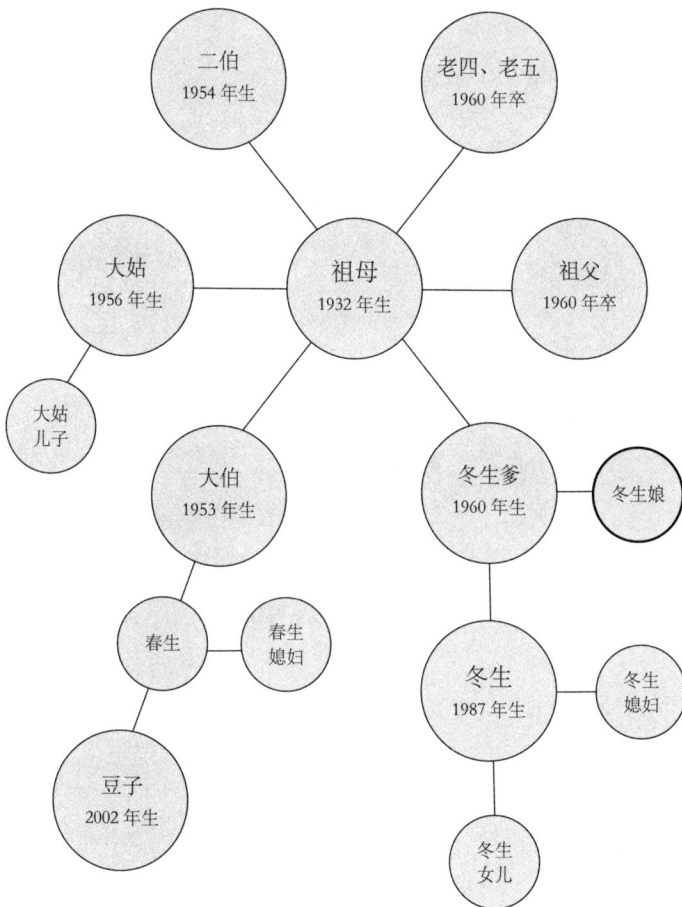

图示 3：场景设定

（作品中实写的时间线）

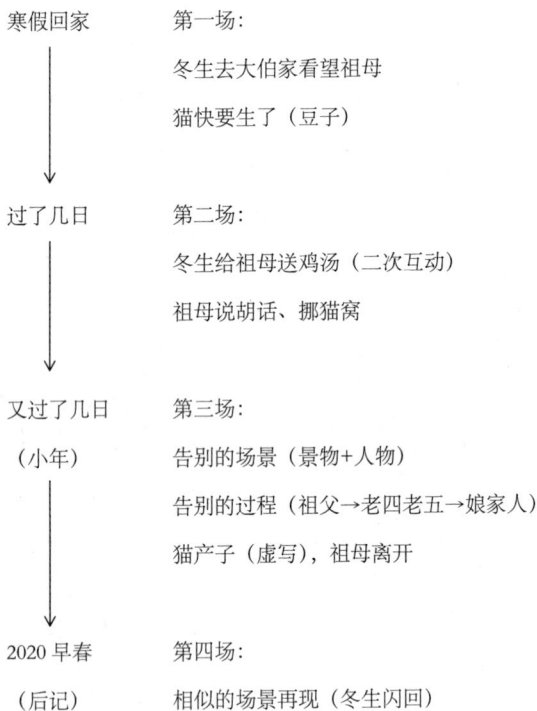

寒假回家　　　第一场：

冬生去大伯家看望祖母

猫快要生了（豆子）

↓

过了几日　　　第二场：

冬生给祖母送鸡汤（二次互动）

祖母说胡话、挪猫窝

↓

又过了几日　　第三场：

（小年）　　　告别的场景（景物＋人物）

告别的过程（祖父→老四老五→娘家人）

猫产子（虚写），祖母离开

↓

2020 早春　　　第四场：

（后记）　　　相似的场景再现（冬生闪回）

几组虚实对比。从大的方面来看，人是实写，猫是虚写；2008 年的故事是实写，1960 年的故事是虚写。从小的方面来看，大伯兄妹是实写，老五老六是虚写；临终告别是实写，猫儿产崽是虚写。虚与实的搭配，不仅可以节省大量文字，还能拓展作品空间，大幅的留白也会让读者的阅读更有参与感。

三是潜台词与双关语的运用。在隐藏的时间线之外，作品还有许多隐藏的线索。比如说奥运会与地震，很容易就让人推断出故事发生的时间是 2008 年。再比如说，祖母说的那几句胡话，"多囤点粮食"，暗指大饥荒年代留下的心理阴影；"老鼠精"也是非常重要的潜台词，1960 年、2008 年、2020 年都是鼠年，这一层的暗指是不太容易被发现的。

四是设置铺垫、伏笔与照应。跨越上下六十年的故事构架，四世同堂的家族人物谱系，只能是一种碎片化的情节呈现，如果没有足够的铺垫、伏笔与照应，那故事是一定会散掉的。想要聚起来，就得注意到前后文的呼应，将每一段都镶嵌到合适的位置，让它们拢成一团，成为一个有机的整体。具体例子可参见以下的"精读版"，里面会有非常详细的阐述。

五、如果猫会数数（精读版）

寒假回家，【点出故事发生时间，暗示冬生学生身份】刚放下碗筷，【大伯家与冬生家不在一处】冬生就到大伯家去看望祖母。【开篇一句话点出了故事发生的大概时间（寒假后春节前）与主要场景（大伯家），提到了三个人物，奠定了作品客观叙事的基调。冬生是作品的视角人物与线索人物，文中并没有直接交代他的年龄和身份，而是通过故事的行进让人物由模糊逐渐变得清晰，作者是藏起来的，作者的情感与倾向性也是藏起来的】

几个月不见，【不常回家，学校离家较远】老人家自然欢喜得不得了。【祖母出场，祖孙情深】冬生嘘寒问暖一番，讲起他在奥运会期间做志愿者的事，【可推断故事发生时间或是 2008 年，冬生或在北京上大学】眼见祖母身形消瘦，说话都没了力气，【身体状况不好】便退了出来。【通过祖孙互动，粗线条刻画出慈祥朴实的祖母形象和孝顺礼貌的冬生形象】

出到外头，【有些话只有到外头才能讲，小小说的故事是粗线条的，但写到细部时一定要格外用心】大伯叹了口气，【大伯出场】说："不中用了，时好时坏的，净讲些胡话。"【由大伯出场来印证祖母身体状况不好，大伯所言

"讲胡话、时好时坏、不中用了"三条与后文是一一对应的，如果缺了这里的铺垫，后面祖母的言行和故事的进展都会显得突兀。中国传统小说创作特别注重故事情节上的铺垫、伏笔、照应，小小说篇幅虽短，但万万不可忽视】

冬生鼻子一酸，【祖孙情深】正想说点儿什么，【不用说出来，读者知道冬生想说什么，如果写一大串话，篇幅就不够用了】只听到豆子在一边喊:【豆子出场】"爷爷，小叔，猫咪快生宝宝了。"【第一次提到猫】豆子是堂兄春生家的孩子，今年刚满六岁。【由冬生听到喊话引出豆子，由豆子喊话引出猫，比写冬生直接看到猫要好。文中出现人物多达16个，唯独实说了豆子的年龄，以豆子年龄是可以倒推出其他人物的大概年龄的，所以，面对相对复杂的故事时，在创作之先，一定要做时间线与人物设定，需要先一步考虑到人物的年龄与各自关系，这样才不至于让人找出纰漏来】

冬日的阳光懒懒地爬到了北墙根。【北墙根在后文还会出现】冬生走过去，看到一只黑猫卧在草堆里，身体有些臃肿，一副似睡非睡的模样。【作品标题是猫，文中也多次写到了猫，可见猫是本文主要角色之一，所以出场时特别给了一个白描特写，同时与前后文遥相呼应】

豆子伸手过去，喵的一声，猫警觉地缩起身子。【这段看似多余，但保留下来能起到两个方面的作用：一是猫在怀孕期间特别警惕，为后来猫窝挪进屋里，结果猫还在屋外产崽做铺垫；二是能调节叙述节奏，让行文舒缓一些，不至于上下文之间衔接得太过生硬】

"外头冷，进屋去。"【第一次提到冷】大伯过来拉起豆子，转头对冬生说，"回吧，得空多来瞧你奶。"【第一场戏至此完结，主要介绍故事发生的时间和地点，主人公也悉数登场】

过了几日，【作品一共安排了四场戏，此为第二场，以明确的时间线来进行场景调度是小说与戏剧惯用的手法】冬生娘炖了鸡汤，叫冬生盛一碗端过去。【冬生娘仅出场一次，就一句话，可见这媳妇的孝顺，不过主要目的还是让冬生与祖母发生新的互动】

祖母精神头儿还是不好，【照应前面所写的精神不好】喝了几口汤，便自顾自讲起胡话来：【照应"讲胡话"】"地震了，要地震了……"【奥运会？地震？故事发生的时间越来越清晰了】

冬生说："地震都过去大半年了，【汶川地震是5月发生的，进一步确认故事发生的时间是2008年】咱这地方，不会有地震。"

"地都裂开了，该有多少人遭罪啊……"【祖母的关注

点是人的遭罪，是生命的消逝】

"是老鼠精，老鼠精又出来害人了……"【老鼠精？存疑1】

"告诉你爹……多囤点儿粮食……"【粮食？存疑2】

这样子，多半是难得大好了。【祖母身体状况堪忧】冬生轻轻地摩挲着祖母的手背，嘴里念叨着："没事，没事。"【祖孙情深，有温度的细节1】脑海里回想起小时候夜半惊梦，祖母也是这般安抚他的。【这样的闪回能大大地拓展作品的时空，祖慈孙孝、家庭和谐是代代相传的美德】【第一场戏通过冬生、大伯的观察与感受来侧面写祖母，第二场戏改为由正面来写，祖母临终前的"胡话"实际上都是有因由、有指向的，结合后文反复琢磨，才能更好地理解"老鼠精""粮食"等关键词背后隐藏的故事线】

祖母慢慢平静下来，屋子外头传来几声清晰的猫叫。【照应"时好时坏"，人安静下来，猫叫出现，人与猫交互出现，起承转合一定要自然合理】

"怕是要下雪了，"【第二次提到冷，躺床上亦知冷暖，一个老人对天气的自觉】祖母说，"你去将猫窝挪到屋里头。"【善良的小举动】

"猫穿着大毛袄子，不怕冷。"【这样的句子不仅能调节气氛，改变叙述节奏，增加阅读趣味，而且，天气冷了，

猫与人都"穿"着大毛袄子，人与猫的"通感"为接下来故事的发展埋下了伏笔】

"想来是怀上崽了，【可能听猫叫揣测，也可能听豆子提起，不需要进一步解释】猫崽子怕冷呢。"【如果联系后文来看，祖母这里对猫崽子的格外关爱，着实有点让人心疼】

"那我去了。"冬生给祖母掖了掖被角，【"掖了掖"被角，有温度的细节2】起身出去找豆子挪猫窝。猫似乎并不领情，叫唤着走开了。【第二次正面写猫，看似闲笔，实则为后文留下伏笔。这一节还是继续从正面塑造祖母形象，写她的善良与敏感，这场戏中祖母对母猫与猫崽子的关注呼应了她在第三场戏中对逝去亲人的缅怀，写人与写猫一直是互为观照的】

又过了几日，【同样的转场】祖母被送到医院，隔两日又被接了回来。【进一步暗示老人家大限将至】一家人都揪着心，【读者也揪着心】掰着指头数日子，生怕她熬不过这个年。【"老人熬年"，符合乡村文化。前三场戏分别以"过了几日""又过了几日"串起来，这是故事明写的时间线，作品还有一条暗写的时间线，是以祖母的人生经历展开的，需要读者自己去组织整理。加了一句看似可有可无的送医院的交代，主要考虑到逻辑的严密性——不能眼睁睁看着老人去世，总是要送到医院，由医生诊断过了，没得救了，再接回家来安排后事，这样才算是尽心尽孝了。小小说篇幅有限，很难有完整的故事，但基本的生活逻辑还是需要的，有时加一两句话，逻辑上就能通了】

小年那天，大伯传话过来，说老人家怕是不中了。【前文大伯有说"不中用了"，这里用的是"不中了"，一字之差，老人身体状况越发差了。冬生的叙述视角一直是没变的，前面写到老人，大多时候都用"祖母"指代，偶尔会用"老人家"，从这里开始"老人家"用得多了，因为有众人的加入，"祖母"显然已经不能指代全部的血缘关系了，用"老人家"最为合适——就好比《红楼梦》里的史老太太一样】

二伯、冬生爹和冬生先赶过去，在堂屋摊了厚厚的稻草，上面置一床竹席，竹席上铺着新毯子和毛巾被。【摊、置、铺，其实都是铺，换用不同的动词是为了避免重复】媳妇们给老人家擦净身子，换上之前偷偷备好的素服，【"偷偷"备好，有温度的细节3】再将人抬到竹席上。【这一段描写乡村老人送终的场面写得相对较细。文章中哪些地方要简写，哪些地方要细写，简繁又要怎样交错，处理好了，也是控制叙述节奏的好办法】

一时半刻，春生和春生媳妇赶了回来，大姑一家也相继到了。【不止这些，还有各房媳妇、女婿以及儿女等，拣紧要的说，主要提到后面需要出场的人物就行】堂屋里挤满了人，【儿孙满堂也是老人的福报】儿孙们依次过来告别，【想象一下，会是一个怎样长长的告别的场景，一家子和谐至此，烘托出老祖母在治家与育儿方面也是相当成功的，所以，不要看作品一会儿写这一会儿写那，说到底，都是围绕老祖母在写】老人家知道自己大限将至，竟比平时清醒了许多。【临终送别是作品的高潮戏，所以用整整两段文字来搭建场景。两个场景，第一个注重写景，第二个注重写人，有此景此人，才会让后面的戏演绎得更加悲怆。而且，前面第一、二场戏里所做的铺垫与伏笔也都是为这场戏的展开在蓄力。文章的主体部分也在这第三场戏上】

"娘，这是你老憨子（小儿子）。"【老憨子，河南固始方言，作品多次用到固始方言，暗示故事发生的背景就是在河南信阳固始一带】大伯指着冬生爹说。【一众儿孙告别，不需要一一来讲，选二人即可。众人当中，有两个人最为关键：冬生是线索人物，全篇是依赖他的视角来展开的；冬生爹是不是老幺，关系到后面故事的展开，在此先提一下，算是伏笔】

老人家点了点头。

"这是你幺孙冬生，以前你没少疼他，如今也出息了。"

老人家又点了点头……【点头这会儿，祖母应该还是清醒的】

"娘，可想吃点啥？还有啥放心不下的？"大姑上前问道。【多半都有此一问，原是由大伯发问的，改为闺女来问更为贴切】

老人家动动嘴，似乎有话要说。【前面一直是在点头，这会儿能说话了，前面是清醒的，这会儿又要"糊涂"了】

大姑将耳朵凑过去，听到老人家吐出来三个字——"你爹呢"，【惊心第一问，前文一直没有提到爹爹，这会怎么问起爹爹来了？】大姑顿时红了眼圈，跪到地上，【这些描述更符合女性特征，大伯的戏挪到大姑身上，恰如其分】带着哭腔说:【不能哭出来】"娘呃，你是不是糊涂了？俺爹早没了，都走了四十多年哩！"【前面铺垫那么多，为的就是让老人家在临终前糊糊涂涂地想起早逝的家人。也许，祖母四十多年都不愿意过多提及亲人早逝之痛，但到最后时刻，她的生死界限已经模糊，压在心头四十多年的心结也该有个了结。写到此处，隐藏的时间线开始出现了，故事发生时间是 2008 年，倒推四十多年，那幼年丧父的悲剧应该是发生在 20 世纪 60 年代，当年的悲剧到底是如何发生的，留下悬念】

老人家脸色暗淡下来，一口气始终提着，【心愿未了，

还不能一走了之】一时好一时坏的，【再照应前文"时好时坏"】一时又说想喝水。【照应前文"你还想吃点儿啥"】

冬生忙去倒了一杯半温的水来。【水是"半温"的，有温度的细节4。整篇作品都采取"客观叙事"（也叫"零度叙事"），作者的情感与倾向是藏起来的，但作品中的人物与人物之间不能是零度情感，这么和谐的大家庭，各人物之间的温度可以通过细节来体现】

喝了水，老人家像是精神好转，【回光返照】四下看了看，问："怎么没见老四、老五？"【惊心第二问】

"老幺我就在跟前哩，咱就四姊妹，哪来的老五？"冬生爹哽咽着说。【前面提到了这个老幺（老憨子），冬生爹确定是老人家的小儿子，但他到底是老四还是老六，老人家自然不会记错，冬生爹的解释明显是无力的】

见娘亲这么问，大伯、二伯和大姑也都抹起泪来。【姊妹们的反应证实了冬生爹说的是假话，这事还有蹊跷】

大伯是家里掌事的，将兄妹几个叫到里屋，一商量，老娘苦了大半辈子，【确实是苦】临走还惦记着早逝的男人和孩子，【早逝的除了男人还有孩子，除了孩子爹爹，老四老五又是怎么夭折的，第二次留下悬念】可不能叫她走得不舒坦，便叫春生和冬生装两个叔伯。【古话说"死不瞑目"，如果老人死前的愿望得不到满足，是很忌讳的，所以

后人用善意的谎言来满足老人遗愿,这在中国孝文化背景下屡见不鲜】

春生和冬生依言过去,大伯说:"娘,老四、老五回来看你了。"【这会儿又从大姑换成了大伯,这一段由大伯来说更合适】

春生和冬生叫一声"娘",老人家激动起来:【老人家越是激动,旁边的人越是心酸】"一家子总算齐了。"顿了顿,又打起精神问,"俺娘家没派人来?"【惊心第三问,最多也就三问,不能再多了,再多就累赘了】

大姑忙戳自己儿子后背:"娘,这是俺舅家孩子,快叫姑姑。"【依葫芦画瓢,娘家人又是怎么回事,第三次留下悬念】

大姑家的表兄本就机灵,【时时不忘冬生视角】赶紧上前叫了一声"姑姑"。

老人家沉默好一阵,说:"你们哄俺,俺娘家人讲的是阜阳话……"【临终时,老人说了三个心愿:第一个心愿(问男人)未了,第二个心愿(问孩子)已了,第三个心愿(问娘家人)还是未了。故事情节的设置是有讲究的,全部如愿以偿或全部不能如愿都不好,老人家的惊心三问也不是并列累加的关系,每一问的结果都略有不同。最后这一问,因方言不同而出现漏洞,被老人家识破了,她看似

"糊涂"，或许心里明镜似的，悲剧感就是这么产生的】

大姑再也忍不住了，眼泪吧嗒吧嗒往下掉，【前面写"带着哭腔""哽咽""抹起泪来"，到这里眼泪哗啦啦流，写了伤心的各种方式，但始终都没有哭出声来的，老人还在，一定要忍住别发出哭声】嘴里像是念着词儿："俺苦命的娘呃……那年闹饥荒，你阜阳的家人都没熬过来，还带走了爹爹和俩弟弟……他们可都在下边等着咱呢……"【前面的悬念通过大姑的哭诉全部解开了，原来，男人、孩子、娘家人都是因饥荒而死，联想到之前提到的四十多年前，1960 年前后，正好发生三年自然灾害，大饥荒就是那时候的事。再联想到之前祖母说的"胡话"（"囤粮"与"老鼠精"），这个时间基本可以确定了。1960 年是鼠年，2008 年也是鼠年，民间关于"老鼠精作怪"的传闻一直都没有断过。到这里，故事隐藏的时间线才算清晰了，在 2008 年临终送别的故事后面，隐藏的是 1960 年祖母失去家人的故事】

老人家没再说话，眼睛睁着，一行泪顺着眼角直往下淌。【一行泪还是两行泪，各有各的说法。改为"两行"更符合科学，但明显少了文艺气息。一位同事提出，中国古代诗词中的数字与量词往往都不是实指，可以理解为虚数，这样一说就通了】后来大伯说："咱娘快三十年没哭过了，这一行眼泪流完，她这辈子的苦才算是受完了。"【这里是闪回到未来，与前文一处闪回到过去有异曲同工之处，一方面拓展了时间和空间；另一方面也可以调节叙述节奏】

一家人正伤感，豆子忽然在外头放声大哭。【屋里的气氛本来是压抑的，前面写了很多处伤心，但因为老人还活着，大家都控制着尽量不哭出声来，小孩的放声大哭打破了这种平衡】媳妇们忙过去看，原来是家里的猫在北墙根生了崽，【别忘了还有猫，别忘了前面提到的北墙根】生六只，死了俩。【照应老人家生育六个儿女只存活四个】豆子看到，又是害怕，又是伤心。【本来是在写人的生死离别，气氛压抑到了极限，这一下将视线转移到猫儿孩儿的事上来了，这是一波大的节奏转换。人的死，猫的生，人与猫之间的对照对应，除了调节叙述节奏，对照阅读还能生出一层别样的含义来】

大伯母抱起豆子，唬道："快别哭了，再哭，狼把子来背人了。"【"狼把子"也是河南固始方言，意为会背走小孩的怪兽，现实中并不存在。文中多处暗指故事发生地是河南信阳固始，这里有两层原因：一是固始和阜阳都是"大饥荒"的重灾区，二是固始与阜阳离得不远，祖母那个年代没有特殊原因是很难"远嫁"的，从阜阳嫁到固始还是说得通的】

"我不要小猫咪死……猫妈妈会难过的……"豆子还是哭着，说不出个囫囵话来。【小孩子天真无邪，一句顽话背后隐含着大人世界的多少无奈——要是所有的生死都能遂人意愿，那该有多好！】

"傻孩子，猫又不会数数，怎么知道难过？"春生媳妇也过去帮忙哄。【点题了，猫不会数数，但是人呢？而且，我们感知不到悲伤的存在，悲伤就真的不存在吗？这里也有人提出来，猫到底会不会数数，猫妈妈到底会不会因为猫崽的死亡而伤心？这是科学话题，作品中的人物讲出来的话并不一定就有科学道理，而且科学到底是怎样的也不重要，所以这一点不需要纠结】

过了好大一会儿，外头安静下来，【静下来就不会有好事了】屋里传出大姑一声长长的哀号："俺的个苦命的娘呃——"【猫的故事就写了这么几句，还是要回到人的故事中来，老人家之死是我们早就预料到的，但临死前的这些弯弯绕绕，你是否会想得到呢？有时故事的编排真的不需要那么多意外与转折，生活永远比小说要精彩。将生活吃透了，就不需费那么多心思来编故事，故事越编就越假，生活只要做做加法减法就行了，这就是所谓"素材的剪裁"】

哭声很快便淹没了这个黄昏。【前面大家忍了那么久，到豆子的哭才算是"破"了一下，但他哭的与其他人哭的

显然不是一回事，等一切安静下来之后，忍了那么久的悲伤，还是需要用哭声来宣泄的】

窗外，那场憋了一冬天的雪也不知道从什么时候开始纷纷扬扬地下了起来。【除了写到猫之外，前面两场戏还写到了天气，"外面冷"，"怕是要下雪了"，伏笔那么久，这雪这会儿不下更待何时？而且，逝去的人，落下的雪，这两者之间的意境是相通的，白茫茫一片，大自然和时间会埋葬一切】

后记:【本文的后记算是故事的另一个注脚，没有后记这个故事也是完整的，有后记的话，内容会更为丰厚，也更贴近现实一些，至少对刚刚经历过这场疫情的人来讲，是希望看到有这个后记的。至于有人将"猫不会数数"强行解读为在这场疫情中"某些人某些部门不会数数"，将作品理解为对现实的批判，这可能不太妥当。前面已经说过，作品采取的是客观叙事，作者的感情与倾向性是藏起来的，我们看到的故事更多的是在讲人生的遭遇、命运的无常，是在讲人与人之间的情感纠葛，是在讲人与猫之间一些微妙的联系，这才是作品的着力点，对艺术作品的理解而言，讽刺批判往往是最浅层次的】

很多年后的一个早春，【前面三场戏是用两个"过了几日"串起来的，如果不加后记，紧接着写"过了很多年"，会显得不自然，所以用后记来写这段故事是不错的选择。】冬生家豢养的狸花猫生了三只猫崽，有两只刚出生便夭亡了，【有猫】女儿特别伤心，妈妈在一边安慰孩子：【有父辈与子女的关系】"别难过了，猫又不会数数，它不知道自己有几个孩子呢。"【似曾相识的话】

那时冬生正窝在沙发里刷微博，【还是冬生视角】刚好看到一则新闻：《武汉封城导致大量猫狗滞留家中，志愿者伸出援手》……【武汉封城，很明显指的就是 2020 年，从 1960 年到 2008 年，再到 2020 年，如果要找共同点的话，同样都是鼠年，同样都有灾难，历史总是在有意或无意间出现一些惊人的相似，当然，这层意思不能明写出来】他听到母女俩的对话，觉得似乎在哪里听到过，【时间可以让人选择遗忘，但伤疤还在那里】又恍惚了好大一会儿，才想起多年前的那个冬天，那只黑色的猫，还有它刚出生的四个儿女，不知道后来它们怎么样了。【前面叙事都是比较客观地呈现，写到当下之后，叙述突然变得温情起来，最后这一问是在问猫，也是在问人——那些猫怎么样了，那些已经消逝的、正在消逝的和还没有消逝的人呢，他们又怎么样了？从这层意义上讲，加上这个后记的话，会让人对跨越整整一个时代两三代人相同或不同的命运有更多的思考】

进入文学的叙事（代后记）

小小说与故事是两种不同的文体，但小小说也要讲故事（有情节），要将两者严格区分开来不太容易。尤其在小小说文体还不够规范的情况下，一些故事常常被当作小小说（微型小说）发表或转载，同时，有的故事刊物也大量发表小小说作家创作的故事作品，这就令一些作家在小小说创作与故事创作之间左右摇摆，无所适从。网上曾经就此话题发起过讨论：有人说，小小说以写人为主，故事主要叙事；有人说，小小说更讲求立意，比故事要深刻；也有人认为，小小说的智慧含量比故事高；还有人提出，故事讲求完整的前因后果，小小说通过故事（情节）来关注人物命运……凡此种种，各有道理，但都很难对小小说与故事做出较为准确的区分。

应该说，小说（包括小小说）在文体的雏形阶段与故事并无明显差别。《孟子》《庄子》中的寓言、《战国策》《三国志》之类的史传，还有《山海经》《搜神记》中的神话传说经常被同时当作故事与小说的起源。只是到了后来，随着社会经济与文化水平的不断提升，社会分工日益深化，文体也逐步细分，小说与故事才最终演化为两种相对独立的文体。作为编辑，我也一直在观察思考，并试图从不同角度去窥探两者的差异。我发现，从人物情节、构思立意、智慧含量等角度进行观照，都只能判断这是一篇"好的"或"不好的"小说（故事），而很难判断这是一篇小说，或者这是一篇故事。换言之，同样的人物、同样的素材，既可以写成小说，也可以写成故事，而且可以用相同的构思表达同一个主题，两者拥有同样的智性发掘。我还发现，虽然小说与故事都以叙事为基础，但它们在叙事形态上却有着显著不同：小说要求进入文学的叙事，调动各种文学手段，营造富于个性的文学氛围，它以语言为桥梁，传达给阅读者一种力量，令其不由自主地进入一种情绪的、精神的或美学的状态，从而产生审美愉悦；而故事的叙述是在"说"的基础上演变过来的，它也会涉及一些简单的叙事技巧（如设置悬念、末生波澜等），但故事创作排斥文学氛围，它要求作者以相对通俗、易于理解的方式，有序地展开"故事核"，以情节打动读者。从某种意义上说，是否进入了文学的叙事，可以看作小说与故事的分水岭。而在此基础上，才衍生了小说与故事在形式上的其他不同，如小说注重描写，而故事重在叙述，小说常用文学语言，而故事常用口语，小说注重意境营造，而故事讲究一波三折，等等。

回到小小说。我想，有一个前提很重要：小小说也是小说，要把小小说当成小说来写，进一步来说，小小说的创作也要进入文学的叙事，而不是简单地以情节的新奇巧趣来夺取读者眼球。当然，这是最基本的，一篇作品能不能打动人，最后往往取决于它是否具有直击心灵的力量；或者说，它所描述的是不是与心灵相关的事物。我相信，每一篇好作品都会有一种逼近心灵的高度。而对一篇好作品的阅读则无异于一次心灵的旅行。另外，我还一直固执地认为，无论是小说，还是散文，无论是虚构的现实，还是真实的幻觉，你笔下的文字都应该是真诚的。它们不一定是生活的真相，但一定有着你所能达到的离真相最近的距离。而你笔下的人物，无论好人还是坏人，他们都有着一张张同样真诚的脸。他们向你微笑，对着你哭泣，他们唠唠叨叨地说话，做一些没有意义的事情。他们戴着面具招摇过市，但在你的面前，他们褪去浮华与虚伪，还原了本来的面貌。你可以深入他们的内心，但不能左右他们的命运，甚至不能控制他们说什么和做什么。你能做的就是尽可能地接近他们，了解他们，然后把你看到的和想到的记下来。

图书在版编目（CIP）数据

有一天发生的事 / 秦俑著 . -- 北京：中译出版社 ,2022.3（2022.5 重印）

（第九届 (2018—2020) 小小说金麻雀奖获奖作家自选集）

ISBN 978-7-5001-7000-6

Ⅰ . ①有… Ⅱ . ①秦… Ⅲ . ①小小说—小说集—中国—当代 Ⅳ . ① I247.82

中国版本图书馆 CIP 数据核字（2022）第 038063 号

有一天发生的事
YOUYITIAN FASHENG DE SHI

作者：秦俑

责任编辑：温晓芳 / 特邀编辑：尹全生 / 文字编辑：宋如月

封面设计：北京锋尚制版有限公司 / 内文排版：北京杰瑞腾达科技发展有限公司

出版发行：中译出版社

地址：北京市西城区新街口外大街 28 号普天德胜大厦主楼 4 层

电话：（010）68002926 / 邮编：100044

电子邮箱：book@ctph.com.cn / 网址：http://www.ctph.com.cn

印刷：三河市嵩川印刷有限公司 / 经销：新华书店

规格：880mm×1230mm 1/32

印张：8.75 / 字数：147 千字

版次：2022 年 4 月第 1 版 / 印次：2022 年 5 月第 2 次

ISBN：978-7-5001-7000-6

定价：42.80 元